JN424164

해상화열전

해상화열전 6 (큰글씨책)

초판 1쇄 발행 2019년 7월 22일

지은이 한방경
옮긴이 김영옥
펴낸이 강수걸
편집장 권경옥
펴낸곳 산지니
등록 2005년 2월 7일 제 333-3370000251002005000001호
주소 부산광역시 해운대구 수영강변대로 140 BCC 613호
전화 051-504-7070 | 팩스 051-507-7543
홈페이지 www.sanzinibook.com
전자우편 sanzini@sanzinibook.com
블로그 sanzinibook.tistory.com

ISBN 978-89-6545-618-6 04820
978-89-6545-612-4 (세트)

* 책값은 뒤표지에 있습니다.
* 이 도서의 국립중앙도서관 출판예정도서목록(CIP)은 서지정보유통지원시스템 홈페이지(http://seoji.nl.go.kr)와 국가자료공동목록시스템(http://www.nl.go.kr/kolisnet)에서 이용하실 수 있습니다.(CIP제어번호: CIP2019026928)

해상화열전 海上花列傳

⑥

큰글씨책

한방경 지음 · 김영옥 옮김

산지니

일러두기

1. 이 번역은 한방경(韓邦慶) 저, 『해상화열전(海上花列傳)』[北京: 人民文學出版社, 1999]을 완역한 것이다.
2. 아울러 장아이링(張愛玲) 주역본 『海上花開』, 『海上花落』[哈爾濱: 哈爾濱出版社, 2003], 영어 번역본 Ailing Zhang, Eileen Chang, Eva Hung 역, 『The Sing-Song Girls of Shanghai』[New York: Columbia Univ Press, 2005], 일본어 번역본 太田辰夫 역, 『海上花列傳』[東京: 平凡社, 1969]을 참고하였다.
3. 소설에 등장하는 인명과 지명 등은 모두 한글 한자음을 표기하였다. 다만 해제에서는 1911년 신해혁명을 기준으로 이후 생존 인물은 국립국어원 중국어 표기법에 따랐다.
4. 책의 서두에 한방경의 자서를, 말미에는 후기를 부록으로 붙여 독자들의 이해를 돕고자 했다.
5. 본문 중 각 회마다 사용된 삽화는 장아이링 주역본 『海上花開』, 『海上花落』[北京: 北京出版社, 2010]과 1894년 석인초간 영인본 『海上花列傳』(『古本小說集成』, 上海古籍出版社, 1994)에 실린 공개된 삽화를 다듬어 사용하였다.
6. 책 제목은 『 』, 시는 「 」, 희곡, 노래 제목 등은 〈 〉로 표시하였다.
7. 장아이링 주역본과 영어 번역본에 빠져 있는 시, 문장 등은 저본에 따라 충실히 빠짐없이 번역하였다. 특히 장아이링 주역본, 영어 번역본뿐 아니라 저본에도 빠져 있는 제51회 「예사외편(穢史外編)」은 『해상화열전 하』[湖南: 岳麓出版社, 2005]에 실린 원문에 따라 독자의 이해와 원전의 의미를 살려 모두 번역하였다.
8. 주석은 저본의 주석과 기타 문헌을 참조여 각 회의 말미에 실었다. 장아이링 주역본의 주석은 [장]으로 표기하고 일본어 번역본의 주석은 [일]이라고 표기하였다. 역자 주석은 따로 구별해 밝히지 않았다.
9. 본문에서 처음 나오는 인명, 지명, 특징적 사물에는 한자를 병기하였다. 그리고 시(詩), 사(詞), 곡(曲) 등 문학작품과 성어(成語), 역자 주 내용, 동음이의어 등에도 필요하다고 판단되는 부분에 역시 한자를 병기하였다.

해상화열전 참고지도

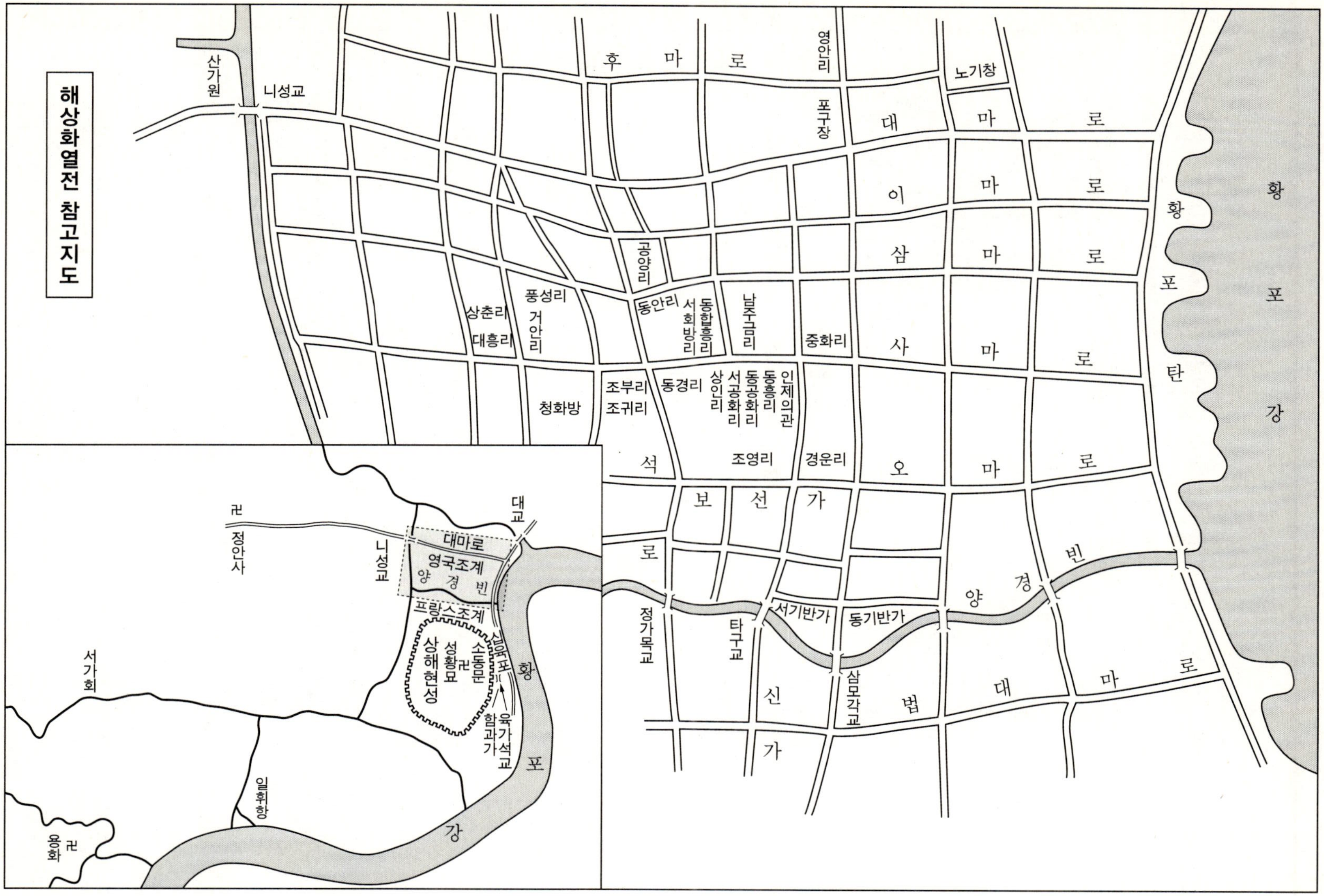

산가원
니성교
후마로
영안리
노기창
포구장
대마로
이마로
삼마로
사마로
오마로
황포탄
황포강
공양리
동안리
서화방리
동합흥리
남주금리
풍성리
상춘리
대흥리
거안리
중화리
조부리
조귀리
동경리
상인리
서공화리
동공화리
동흥리
인제의관
청화방
조영리
경운리
석로
보선가
양경빈
정가목교
타구교
서기반가
동기반가
삼모각교
신가
법대마로
권
정안사
니성교
대교
대마로
영국조계
양경빈
프랑스조계
십육포
상해현성
성황묘
소동문
육가석교
함과가
서가회
일휘항
용화
황포강

차례

55

바로 그 자리에서 혼인 약조를 하였으나 마음은 방황하고, 같은 방에서 사사로운 정을 감추고 있으나 표정은 멋쩍어하다

訂婚約即席意徬徨 掩私情同房顔忸怩

조박재는 혼자 정풍리로 돌아왔다. 그는 이십팔 일에 사삼 공자를 위해 정성스럽고 거한 전별회를 마련해야 한다는 여동생 조이보의 말을 모친 홍 씨에게 전해주었다.

그리고 박재는 밖으로 나가 혼자 아교를 찾아갔다. 조이보가 집에 없을 때 박재는 아교와 스스럼없이 짓궂은 장난을 쳤다. 아교는 요즘 박재의 옷차림이 깔끔하고 씀씀이도 커서 엄연한 도련님의 행색이라 온 정성을 다해 비위를 맞춰주었다. 그래서 박재는 왕아이와 왕래하지 않고, 알고 지내던 친구들과도 점점 왕래를 끊었다. 다만 소왕과 형제처럼 친밀하게 지내고 화충과 하여경을 알고부터 이렇게 네 사람은 한데 어울려 놓았다.

조박재는 이날, 팔월 이십팔 일에 소왕도 그의 주인을 따라 갈 거라는 것을 알고 있었다. 그래서 화충과 하여경을 불러서 소왕을 전별하는 의미로 함께 정성껏 대접할 생각이었다.

해가 서쪽으로 기울자, 문 밖에서 말방울 소리가 들려왔다. 홍 씨는 박재와 황급히 나가 맞이했다. 사삼공자와 조이보는 벌써 가마에서 내려 응접실로 들어오고 있었다. 박재는 한쪽으로 물러섰다. 사삼공자는 홍 씨에게 엷은 미소를 띠고 나서 성큼성큼 이 층으로 올라갔다.

이보는 '어머니' 하고 부르며 홍 씨를 끌고 뒤쪽 작은 방으로 갔다. 문을 잠그고 조용히 당부했다.

"어머니, 다음부터는 이러지 마세요! 어머니는 지금 그 사람 장모란 말이에요. 그 사람이 어머니를 모시지도 않았는데, 먼저 뛰쳐나오면 정말 난처해요!"

홍 씨는 입가에 미소를 짓고 고개를 계속 끄덕였다. 이보는 그 방을 나서면서 다시 당부했다.

"먼저 올라갈게요. 조금 있다가 그 사람이 어머니를 찾으면 내가 아호에게 일러 어머니를 여쭈라고 할게요. 그리고 그 사람 만나면, '셋째 나리' 하고 인사만 해요. 다른 쓸데없는 말을 하진 말란 말이에요. 잘못 말했다가 비웃음 사기 십상이에요."

홍 씨는 그 말을 새겨들었다. 이보는 문을 열고 방을 나갔다. 계단을 올라가려는데 박재가 소왕을 도와 보자기들을 옮기고 있었다. 이보가 조용한 목소리로 나무랐다.

"내버려둬. 쓸데없이 아부하고 그래!"

그러자 박재는 얼른 아호에게 물건을 건네주고 이 층으로 올라가 버렸다. 이보는 이 층 방으로 가서 옷을 벗었다. 삼공자와 마주 앉아 즐겁게 이야기를 나누었다. 그러나 홍 씨 이야기는 꺼내지 않았다.

순식간에 건넛방 서재에 연회자리가 마련되어 아호가 모시러 왔다. 이보는 다정하게 이야기 나누려고 다른 손님들은 청하지 않았다. 삼공자가 말했다.

"어머니와 오빠를 청해서 같이 먹지."

"됐어요. 저하고만 있어요."

그리고 이보는 삼공자를 남쪽을 향해 앉게 하고 술병을 들고 세 잔 가득 따랐다. 이보 자신은 작은 잔에 술을 붓고 그 옆에 앉았다. 사삼공자가 세 잔을 다 마시자 이보는 정색을 하며 말했다.

"내일 돌아가신다니, 여쭤볼게요. 지금까지 한 말 지킬 수 있어요? 지금은 쉽게 말하지만, 집에 돌아가서 허락하지 않으면 난처해질 테니 차라리 솔직하게 말해주셔요. 그래도 괜찮아요."

사삼공자는 황급하게 일어서며 말했다.

"나를 못 믿는 거니?"

이보는 그를 앉히고 웃으며 말했다.

"못 믿어서가 아니에요. 저는 우리 오빠가 무능하여 하는 수 없이 기녀가 되었죠. 혼자 생각해봐도 이보다 더 이상 어떻게 좋은 결과가 있겠어요? 당신이 저를 정실부인으로 삼으려고 한다면 정말이지 꿈에서도 생각하지 못할 정도로 좋아요. 그런데 정실부인이 있으면서 또 정실부인을 데리고 가는 것은 제대로 된 집안에서는 있을 수 없는 일이고, 나중에 너무 힘이 들어서 오히려 허사로 돌아갈 수 있어요."

사삼공자는 그녀를 위로해주었다.

"걱정하지 마. 만약 내가 아내 셋을 둘 생각이었다면 아마 불가능하겠지. 지금 아내 둘을 맞이하라고 하는 것은 양어머니의 생각이니 누가 무슨 말을 하겠어? 솔직하게 말할게. 양어머니는 이미 점 찍어둔 사람이 있어. 다만 내 마음이 내키지 않아 대답은 하지 않았어. 이번에 돌아가면 중매인을 청해서 혼사를 이야기하고 정해지면 다시 상해로 와서 너를 데리고 가서 함께 식을 올릴 거야. 한 달 정도야. 시월에 꼭 돌아올 테니, 걱정하지 마!"

이보는 그의 말에 기쁨을 감추지 못하면서도 신신당부를 했다.

"그러면 시월에 꼭 돌아오셔야 해요. 당신이 가고 나면 전 여기서 대문 밖을 나서지 않고 손님도 만나지 않을 거예요. 당신이 돌아오셔야 마음을 놓을 수 있을 테니 무슨 일이 있더라도 늦으면 안 돼요. 만약 당신 부인이 저를 정실부인으로 인정하지 않겠다면, 첩으로 맞이해도 저는 괜찮아요."

이보는 이 말을 하다 갑자기 눈물을 흘렸다. 그녀는 사삼공자의 어깨를 껴안고 얼굴을 가까이 마주하고 말했다.

"이번 생은 당신과 꼭 함께할 거예요. 정실부인과 첩을 여러 명을 맞이해도 절대로 절 버리면 안 돼요. 만약 버리시면, 전…."

이 말을 끝까지 하지 못하고 목이 메어 흐느껴 울기 시작했다. 사삼공자는 깜짝 놀라며 두 손으로 그녀를 꼭 껴안았다. 그리고 자신의 손수건으로 눈물을 살짝살짝 닦아주며 달래주었다.

"무슨 쓸데없는 소리냐. 지금은 기뻐해야지. 이것저것 일도 처리하고 정리해야 하는데 이렇게 울면 정말 잘못될지도 몰라."

이보는 사삼공자의 품을 파고들며 울음을 그치고 구구절절하게 말했다.

"당신은 저의 고충을 몰라요. 고향 사람들에게 괜한 말들을 해서 지금 당신이 절 부인으로 맞이한다고 말해도 믿지 않고 비웃기만 해요. 만일 잘못되기라도 하면, 전 얼굴을 들지 못할 거예요!"

"잘못되긴. 내가 죽지 않는 이상 잘못될 리 없어."

이보는 벌떡 몸을 일으키며 사삼공자의 입을 막았다.

"당신 어물쩍 넘어가면 더 이상 말하지 않을 거예요."

사삼공자는 웃고 넘어갔다.

이보는 술잔에 따뜻한 술을 부어 직접 사삼공자에게 올렸다. 사삼공자는 잔을 비우고 일부러 고향의 풍경을 물으며 어색한 분위기를 없애려고 하였다. 이보는 그 뜻을 진작 알아채고 슬픈 기색을 거두고 사삼공자와 즐겁게 농담을 나누었다. 이보가 말했다.

"우리 고향에는 관제묘가 있는데, 구월이면 그곳에서 연극을 공연해요. 연극을 구경하는 사람들이 너무 많아서 담장이며 나무 위며 모두 사람들이었죠. 저와 장수영도 한 번 보러 갔는데 무대를 잘 보려고 담장에 올라갔다가 햇빛 때문에 더워 죽는 줄 알았어요! 그래도 사람들은 잘 봤다고 이야기하죠. 대관원처럼 쾌적하고 칸막이 좌석에 앉아서 볼 수 있어도 저를 초대한들 누가 좋아서 가려고 하겠어요."

사삼공자는 고개를 끄덕였다. 이보는 다시 두 잔을 올리며 말했다.

"또 재미있는 이야기 해드릴게요. 관제묘 옆에 왕 씨 성을 가진 장님이 살았는데, 점을 잘 쳤어요. 재작년에 제 어머니가 그 사람을 집으로 불러서 우리들 점을 봐달라고 했었죠. 그 사람이 제 점을 보고, 고관대작의 부인이 될 운명이라는 거예요. 몇 부분이 안 좋은 게 아쉽다면서 안 그랬으면 황후가 될 운명이라고까지 했어요. 그때는 그 사람에게 거짓말하지 말라고 했는데, 지금 보니 점괘가 아주 틀리지는 않았어요."

사삼공자는 웃으며 고개를 끄덕였다.

두 사람은 술을 마시며 깊은 대화를 나누었다. 흥겨움이 사그라지자, 사삼공자는 건넛방으로 건너가서 창문을 내다보며 '소왕' 하고 불렀다. 이보가 뒤에서 말렸다.

"제가 여기 있는데, 뭐 하러 불러요?"

"소왕은 어디에 있어?"

"우리 오빠가 술집에서 송별회를 해주고 있어요. 무슨 일로 부르셔요?"

"별건 아니고, 돌아가서 짐들을 정리해서 내일 아침 일찍 오라고 말이야."

"그건 나중에 말해요."

사삼공자는 다른 말 없이 한참 동안 조용히 있었다. 잠자리 이야기는 하지 않겠다.

다음 날, 이보는 아주 일찍 일어나 중간 방에서 머리를 빗었다. 화장도 하지 않고 장신구도 착용하지 않고 깨끗한 흰옷으로 갈아입고 사삼공자가 일어나기를 기다렸다가 물었다.

"당신이 보시기에 여염집 여자 같아요?"

"더 세련된걸."

"오늘부터 저는 계속 이렇게 하고 있을 거예요."

이보는 이 말을 하면서 사삼공자가 간식을 먹는 것을 도왔다.

사삼공자는 아호에게 홍 씨를 이 층으로 올라오게 하여 만났다. 삼공자는 지갑에서 수표를 한 장 꺼내 홍 씨에게 주며 말했다.

"저는 돌아가 봐야 합니다. 한 달 정도 기다려 주시고, 의상과 머리장신구는 제가 집에서 준비할 겁니다. 먼저 천 원으로 이 사람에게 소소한 물건들 사주시고, 혼수품은 제가 오면 다시 준비하도록 하겠습니다."

홍 씨는 어떻게 대답해야 할지 몰라 이보를 흘낏 쳐다보고만 있었다. 이보는 수표를 가로채며 사삼공자에게 물었다.

"당신 이 돈 무슨 의미예요? 장부 계산이라면 사양하겠어요. 저를 아내로 맞이한다면서 돈은 무슨 돈이에요? 소소한 물건이라고 하셨는데, 아무리 저희가 가난해도 이 원쯤은 있으니까 괜한 마음 쓰지 말아요."

사삼공자는 이보가 이렇게 말하자 고개를 숙이고 망설였다. 홍 씨는 그제야 말을 이었다.

"사삼 나리, 예의 차릴 것 없으세요. 지금은 한 가족 아닙니까. 그런데 무슨 예의를 차리십니까."

이보는 황급히 눈짓을 하며 말을 못 하게 하였다. 홍 씨는 인사를 하고 내려갔다.

사삼공자는 하는 수 없이 수표를 도로 받아 들고 소왕에게 가마를 부르라고 하였다. 이보도 사삼공자를 배웅해주려고 가마에 올라탔다. 먼저 공관에 도착해서 짐을 꾸리고 점심을 먹었다. 그래도 배웅하는 사람들이 끊이지 않았다. 사삼공자는 손님들을 접견하느라 바빴다. 네 시를 넘겨서야 사삼공자는 정리를 끝내고 배에 오를 수 있었다.

이보도 배에 올라탔다. 그때, 조박재가 선창에서 소왕을 도와 짐을 지키고 있었다. 이보가 조용히 물었다.

"가시면서 드실 요리, 아직 안 왔어요?"

"왔어."

이보는 꼼꼼하게 생각해보더니, 특별한 일이 없어 돌아가겠다고 하며 사삼공자의 손을 꼭 잡으며 당부했다.

"도착하시면 편지 주세요. 몸은 상해에 있지만, 마음은 당신과 함께할 거예요. 다른 곳에서 지체하지 말아요."

사삼공자는 그러겠다고 대답을 했다. 이보가 또 말했다.

"시월 언제 오실 거예요? 날이 잡히면 다시 편지 주세요. 일찍 오면 올수록 좋겠지요. 하루라도 일찍 돌아오시면, 저희들은 하루라도 일찍 마음을 놓을 수 있을 거예요."

사삼공자는 또 그러겠다고 대답했다.

이보가 또 말하려고 하는데, 선주가 배를 출발시키려고 재촉하는 바람에 하는 수 없이 손을 놓고 부두에 올랐다. 사천연은 뱃머리에 서고, 조이보는 가마에 앉아 모두 눈물을 머금은 채 바라보며 한없이 깊은 사랑을 드러냈다. 배 그림자가 보이지 않자 조박재는 가마꾼에게 집으로 가자고 했다.

원래 조이보는 자존심이 센 사람이라, 부인 셋을 맞이한다는 사천연의 말을 듣고부터 오로지 사천연에게 시집가겠다는

第五十五回
四十三

마음을 먹었다. 또한 사천연이 무시할까 봐 체면을 세우려고 애를 썼다. 이보는 '당신이 이미 나를 부인이라고 여기고, 나 역시 자신을 기녀로 여기지 않는다.'는 생각에서 사천연이 장부 결제하는 것도 막았다. 그리고 사천연의 사람이라는 의미로 추석이 지난 후 간판을 내리고 문을 걸어 잠그고 손님을 들이지 않을 생각이었다. 이보는 사천연이 가면서 시월 중에 직접 맞이하러 온다고 약속했으니, 현재 가지고 있는 은화 사백 원으로 생활비를 충당하면 크게 걱정할 게 없다고 생각했다.

배웅을 하고 돌아온 이날, 조박재는 대아금의 일로 장수영의 집으로 가고, 조이보는 모친 홍 씨와 의논했다.

"혼수품은 그가 돌아오면 다시 처리하자고 말했지만, 우리가 준비해야 하는 게 옳다고 생각해요. 그가 장만하면 아래 사람들에게서 말이 많이 나올 거예요. 그렇게 되면 그 사람 체면도 깎이게 되고 말이죠."

"혼수품을 장만하기에는 돈이 부족해. 지금 겨우 사백 원만 남아 있잖아."

이보는 '꽥' 하고 소리 질렀다.

"어머니는 늘 이렇다니까요! 사백 원으로 어떻게 혼수품을 장만해요! 먼저 빌려서 장만하고, 나중에 그가 예물을 가져오면 그때 갚아야죠."

"그것도 괜찮겠네."

이보는 아호를 돌아보며 상의했다.

"어디에서 돈을 빌릴 수 있을까?"

"돈을 빌리는 것도 한계가 있으니 차라리 외상으로 장만하는 것이 나을 겁니다. 비단가게, 양장점, 가구점 모두 아는 사람들이 있으니 연말에 계산하면 되지요."

이보는 기뻐하며 매일 아호에게 각 가게에 들러 혼수품을 장만하라고 했다. 이보는 아주 분주하게 움직이며 직접 고르고 평을 달고 가장 좋은 품질에 유행하는 물건만을 원했다.

조박재는 집에서 할 일이 없으니 아교와 엿가락 늘어지듯 붙어 사랑을 나누며 떨어지지 않았다. 아교는 박재가 사삼공자 적자의 큰외삼촌이 될 것이라는 것을 알고 더욱 잘 대해주었다. 박재는 몰래 아교와 부부가 되기로 맹세하면서 장래에 시집만 오면 외숙모가 될 것이라고 말해주었다. 이보는 그들을 신경 쓸 틈이 없으니, 다른 사람들도 자연히 그 일에 상관하지 않았다.

하루는 갑자기 제운수의 집사가 서신을 가져왔다. 바로 사삼공자가 보내온 것이었다. 박재가 읽어보고 자세하게 말해주었다. 앞의 내용은 무사히 집에 도착했으며 이미 혼사 문제를 알렸고 아직 답변이 없는 상황이라는 것이었다. 뒤의 내용은 지금 구월의 가을 풍경은 사람의 마음을 쉽게 흔들리게 하니, 답답할 때면 일립원으로 가서 소일하라는 것이었다. 이보는 이 서신을 받고 빠른 시일 내에 혼수를 장만해서 정리하고 사삼공자가 오기만 기다리며 이 아름다운 인연이 이루지기를 고대했다.

박재는 연일 하총관이 보이지 않아 그 집사에게 물어보니, 지금 화중회에서 차를 마시고 있다고 했다. 박재는 그 길로 바로 찾아갔다. 정말로 하여경과 화충 두 사람은 그곳에서 차를 마시고 있었다.

화충이 박재를 보자 물었다.

"자네 왜 통 나오지 않았나?"

하여경이 끼어들었다.

"그 집에 좋은 일이 있는데, 몰라?"

화충이 놀랐다.

"무슨 좋은 일?"

"나도 잘 몰라. 소왕에게 물어봐."

박재는 멋쩍게 웃으며 자리에 앉았다. 종업원이 찻잔을 하나 더 올렸다.

"차 드실 거죠?"

박재가 손을 저었다. 화충이 말했다.

"그러면 우리는 나갈까?"

하여경이 말했다.

"좋아, 우리 좀 걷지."

그리고 세 사람은 함께 화중회 차루에서 나와 사마로에서 보선가로 돌아 걸어갔다. 잠깐 기녀들이 타고 가는 마차를 보고 나서, 덕흥에 있는 술집에 들어가 경장주(京莊酒)[1]

세 병을 데우라고 하고 작은 요리 세 접시를 주문하여 저녁을 먹었다. 하여경은 아편을 피우러 가자며 거안리 반삼의 집 문 앞까지 그들을 끌고 가서 문을 두드렸다. 안에서 아주머니는 바로 대답을 하면서도 한참 동안 문을 열어주지 않았다. 하여경이 다시 두드렸다. 그러자 아주머니가 말했다.

"나갑니다! 나가요!"

아주머니는 꾸물거리며 나와 문을 열어주었다.

세 사람이 들어가니 방에서 자박자박 발소리들이 들려왔다. 마치 두 사람이 한데 뒤엉겨 밀치고 끌어당기는 것 같았다. 하여경은 손님이 있다는 것을 알고 문 입구에서 발끝으로 서서 들여다보았다. 아주머니가 대문을 닫으며 말했다.

"방으로 가세요."

하여경은 주렴을 걷어 올리며 두 사람을 먼저 방으로 안내했다. 그 손님이 뒷문을 열고 우당탕탕 계단을 뛰어 내려가는 소리가 들렸다. 방 안은 어두컴컴하고 침대 앞 화장대에 기름등 하나만 켜져 있었다. 반삼은 뒷문을 잠그고 웃으며 다가와서 '하 도련님' 하고 인사를 했다. 아주머니는 바쁘게 움직여가며 가스등을 켜고 연등을 켜고 나서 다시 찻잔을 가지러 갔다.

하여경은 조용히 그 손님이 누구였는지 물었다. 반삼이 말했다.

"손님 아니에요. 손님들의 친구죠."

"손님들 친구가 어째 손님이 아니야?"

그리고 하여경은 화충과 조박재를 가리키며 말했다.

"그러면 저 사람들도 손님이 아니야?"

"당신 또 쓸데없이 말꼬리 물고 늘어지려고 해요. 아편이나 피워요."

하여경은 탑상에 누웠다. 한 모금 빨아 당기고 있는데, 갑자기 문 두드리는 소리가 났다. 아주머니는 응접실에서 큰소리로 물었다.

"누구세요?"

그 사람이 대답했다.

"나야."

아주머니는 바로 문을 열어주고 안으로 들였다. 그 사람은 방으로 들어오지 않고 바로 이 층으로 갔다. 하여경은 이 층에 있는 손님과 일행이라는 것을 알고 신경 쓰지 않았다.

하여경은 아편만으로 흡족하지 않아 두 모금 더 피우고 조박재에게 주고, 자신은 아래쪽에 앉아 물담배를 피웠다. 화충과 반삼은 창가에 놓인 교의에 나란히 앉아 잡담을 나누었다. 갑자기 또 누가 문을 두드렸다. 하여경이 '야' 하고 말했다.

"장사가 아주 잘되구나!"

그는 물담뱃대를 내려놓고 일어나 창가로 가서 흘깃 내다보았다. 반삼은 앞으로 와서 잡아당기며 말했다.

"뭘 봐요? 앉아요!"

하여경은 아주머니가 문을 열고 그 사람과 이야기하는 소리를 들었다. 목소리가 낯설지 않았다. 그래서 하여경은 반삼을 밀어젖히고 방을 나와 누구인지 보았다. 그 사람은 하여경을 보자 황급히 도망갔다. 하여경은 골목을 쫓아 나와 문머리에 걸려 있는 유리 기름등으로 비춰 보았다. 그 사람이 서무영이라는 것을 알고 그를 불렀다.

서무영은 하는 수 없이 몸을 돌리며 일부러 큰 소리로 물었다.

"여경 형님 아니십니까?"

여경이 대답했다. 무영은 그제야 만면에 웃음을 띠고 연신 인사를 했다.

"형님이 이곳에 있을 거라고 전혀 생각하지 못했습니다!"

그러면서 하여경을 따라 방으로 들어갔다. 하여경은 화충과 조박재 두 사람을 불렀다.

박재는 서무영을 알고 있었다. 일전에 그에게 맞아 머리를 다친 적이 있었기 때문이다. 예기치 않게 만나고 보니 실로 놀랍고 황당했다. 무영은 알면서도 모르는 체했다.

모두 이름을 이야기하고 자리에 앉았다. 하여경이 서무영에게 물었다.

"자네 왜 나를 보자마자 도망갔나?"

무영은 변명할 거리가 없었다.

"형님인 줄 몰랐습니다. 홍구의 양 씨가 여기 있냐고 물었

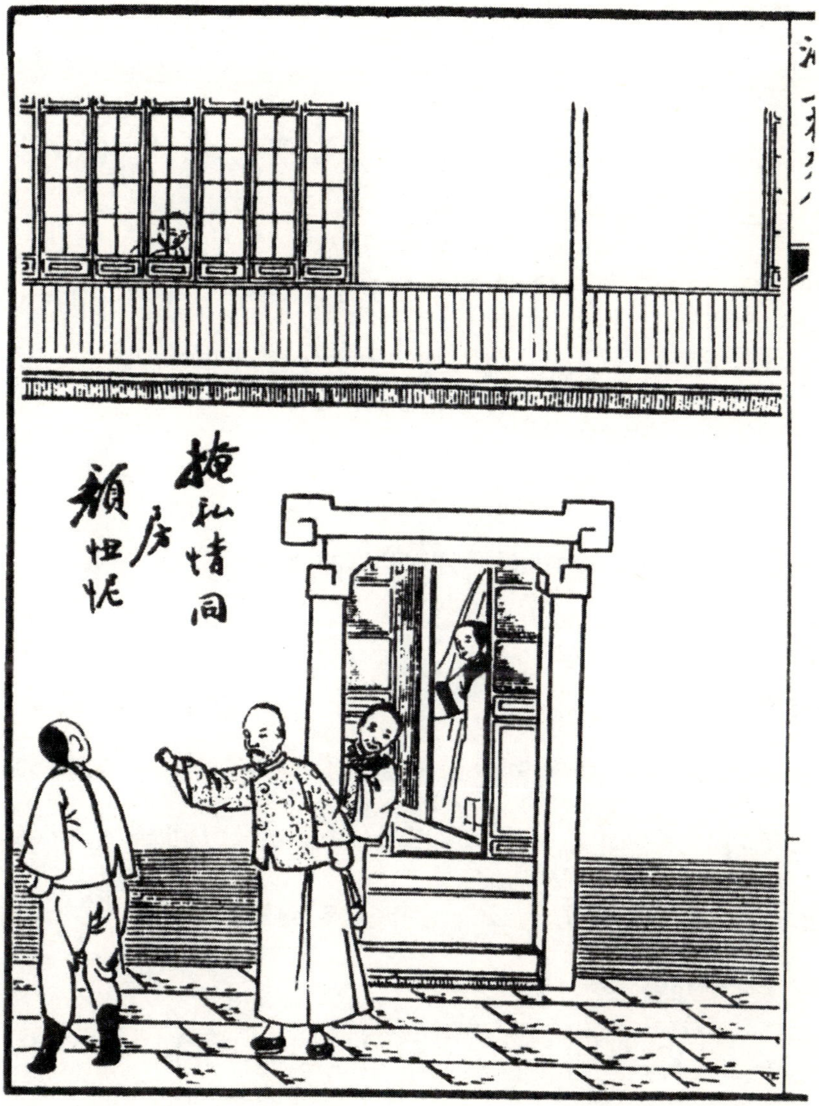
撿私情同房
頹忸怩

는데 없다고 하니까 나간 거지요. 형님이 이곳에 계실 줄 누가 알았겠습니까!"

여경은 콧방귀를 뀌었다. 무영은 히히거리며 반삼을 바라보며 말했다.

"반삼 아가씨, 오랜만이야. 살이 좀 찌셨네. 우리 여경 형님이 맛있는 걸 주신 모양이지?"

반삼은 한 번 흘겨보며 대답했다.

"오랫동안 못 봤다고 저더러 욕하라는 거죠?"

서무영은 손뼉을 쳤다.

"맞아! 바로 그거야!"

그리고 화충과 조박재에게 돌아보며 손짓 발짓을 하고, 웃으면서 말해주었다.

"일전에 우리 여경 형님이 상해에 와서 반삼을 사귀게 된 게 우리 같은 사람들과 함께 이곳에 왔기 때문이지. 하루에도 몇 번이나 왔는지, 마치 화중회 같았다니까. 그래서 반삼 아가씨에게 욕을 엄청 먹었지. 요즘 여경 형님이 여기에 안 오시니까 우리 같은 사람들도 못 온 거야."

화충과 조박재는 한 마디도 거들지 않았다. 서무영은 오히려 반삼에게 물었다.

"왜 우리 여경 형님이 오지 않으셨을까? 혹시 형님한테 잘못한 일이라도 있는 거야?"

반삼이 대답하기도 전에 하여경이 소리쳤다.

"쓸데없는 소리 그만해! 난 여기에 공적인 일이 있어서 온 거야!"

---

1 소흥주의 일종이다.

56

반삼은 사창노릇으로 도둑질을 하고, 요계순은 처음으로 기루에서 보내다

私窩子潘三謀怯篋 破題兒姚二宿勾欄

반삼은 하여경이 공적인 일이 있다는 말에 이 층 손님을 접대하러 방을 나갔다. 서무영은 정색을 하고 무슨 일인지 물었다.

"무슨 공적인 일입니까?"

"우리 같은 사람이 무슨 공적인 일을 관리하겠는가. 산가원 일대로 조사하러 갔었잖아?"

무영은 깜짝 놀라며 말했다.

"산가원에 무슨 일이 있습니까?"

여경이 냉소를 지었다.

"나도 몰라! 오늘 우리 대인께서 내리신 분부야. 산가원의 도박장이 너무 번창해서 밤낮없이 도박을 하고, 한 번 흔들고 나면 삼사 만을 따기도 하고 잃으니 볼썽사납다고 말이야! 자네는 몰랐어?"

무영이 껄껄 웃었다.

"산가원의 도박장이야 하루라도 잠잠할 날이 있습니까. 산가원에 강도가 출몰했다가 한바탕 했었죠. 내일 도박하지 말라고 말하러 가야겠어요."

"자네 어물쩍 넘어가지 마. 나중에 사건이 터지면 다들 재미없어!"

무영은 의자를 바짝 당기며 말했다.

"여경 형님, 저는 산가원의 도박장에서 일 원도 써본 적이 없습니다만 형님도 도박하는 사람들이 어떤 사람들인지 알고 있잖아요. 대부분은 나리들이고, 우리 아문에서도 도박을 하고 있는 마당에 우리가 뛰어들어 가서 무슨 말을 하겠습니까? 이럴 때는 제대인께서 처리하신다고 하면 아주 쉽죠. 바로 사람들을 불러서 일망타진하면 되지 않습니까?"

여경은 중얼거리듯 말했다.

"그 사람들이 도박하지 않아 봐, 우리 대인께서도 꼭 그 사람들을 처리하려고 하는 게 아니라니깐. 자네가 먼저 알려줘. 그런데도 또 도박을 하면 당연히 잡으러 가야지."

무영은 허벅지를 치며 말했다.

"제 말은, 도박꾼 몇 명은 대인 친구이십니다. 신아문과는 비교도 되지 않을 정도로 어려운 점이 많습니다."

여경이 얼굴을 붉히며 버럭 화를 냈다.

"대인의 친구라면 바로 이 도련님이 도박한 적이 있겠지만 우리와 상관없어. 우리 중에 누가 도박을 해? 어서 말해봐."

무영은 황급히 변명을 했다.

"저는 형님 쪽 사람이라고 말하지 않았습니다. 만약 형님 쪽 사람이 갔다면 제가 어떻게 말하겠습니까?"

여하경은 그제야 더 이상 따지지 않고 내버려두었다. 서무영은 웃으며 이번에는 화충과 조박재에게 말했다.

"우리 여경 형님이야말로 정말로 능력이 대단하시죠. 여경 형님은 백 명이 넘는 제부(齊府) 사람들을 혼자서 관리하고 있는데 아직까지 아무 탈이 없었어요."

화충은 가볍게 맞장구를 쳐주고 조박재는 탑상에서 일어나 서무영에게 아편을 건네주었다. 서무영은 다시 화충에게 건네주었다.

서로 양보하고 있을 때 갑자기 뒷방에서 문이 열리는 소리가 났다. 그리고 누군가가 살금살금 들어와 탑상으로 다가왔다. 그가 누군가 하고 보았더니 바로 장수여서 모두 의아스러워했다.

"자네 언제 왔었나?"

장수는 한 마디 대답도 없이 몸을 숙이며 지그시 눈을 뜨고 웃었다. 화충은 장수에게 아편을 권했다. 하여경은 조용히 장수에게 물었다.

"이 층에 누가 있어?"

장수는 '광이'라고 나지막한 목소리로 대답했다.

"그러면 내려와 이야기나 하자고 그래."

장수는 다급하게 손을 내저으며 말렸다.

"그는 창녀 같은 놈이야. 부르지 마."

여경이 '흥' 하고 콧방귀를 뀌고 말했다.

"요즘, 사람들이 왜 이렇게 이상해!"

그는 서무영을 가리키며 말했다.

"방금 혼자 뛰어들어 와서 아주머니와 이야기하고 있길래 내가 부르니까 도망가질 않나. 정말 이상해."

서무영은 장수를 바라보며 깔깔 웃었다.

"여경 형님은 내가 형님을 무시한다고 아직까지도 나를 원망하고 계셔. 자네가 말해봐, 그래?"

장수는 웃기만 했다. 하여경이 말했다.

"어쨌든 기루는 노는 곳이니까 당연히 모든 사람들이 드나들 수 있어. 광이 형님은 내가 질투한다고 생각하나 본데, 형님이 잘못 생각한 거야."

장수가 말했다.

"자네 때문에 그러는 게 아니야. 주인이 알게 되면 혼 날까봐 그런 거겠지."

"참, 자네가 광이 형님에게 말해주게. 주인에게 잘 이야기해서 산가원 도박장에는 가지 말라고 말이야."

그리고 방금 나누었던 이야기를 해주었다. 장수는 그러겠다고 대답을 하고, 아편을 한 모금 피우고 나서 네 사람과 작별인사를 하고 이 층으로 올라갔다. 광이와 반삼이 탑상에서 서로 엉겨 뒹굴고 있었다. 반삼은 장수를 보고 천천히 일어나 앉으며 광이에게 말했다.

"내려가 볼게요. 당신에게 할 말 있으니까 가지 말아요."

장수에게도 당부했다.

"당신도 가지 말고, 잠시 앉아 있어요."

반삼은 아래층으로 내려갔다.

이 층에서 장수는 조용히 광이와 이야기를 나누었다. 삼십 분이 지났을 무렵 네 사람이 작별인사하는 소리, 반삼이 그들을 붙잡는 소리, 아주머니가 배웅하고 문 닫는 소리들이 아래층에서 들려왔다. 이어서 반삼이 그들을 불렀다.

"내려들 와요."

광이는 장수에게 같이 아래층 방으로 가자고 했다. 장수는 일이 있어서 가겠다고 하는데도 광이는 굳이 같이 가자고 하였다. 반삼 쪽에서도 그냥 있지 않고, 장수를 청하며 말했다.

"아편 한 대 더 피워요."

그리고 반삼은 광이를 탑상 앞 등나무 의자로 잡아끌며 앉히고 한참을 속닥거렸다. 장수는 기다릴 수밖에 없었다. 반삼이 한참 이야기하는 동안 광이는 연신 고개만 끄덕였다. 반삼이 이야기를 끝내고 광이 곁에서 떨어지자, 광이는 넋이 나간 채로 어정쩡하게 서 있었다. 그래서 장수가 물었다.

"안 가?"

광이는 그제야 정신이 들었다. 문을 나서는데, 반삼이 다시 귀에 대고 서서 소곤거렸다. 광이는 다시 고개를 끄덕이고, 장수와 함께 거안리를 나섰다. 장수가 걸어가며 물었다.

"반삼이 무슨 말을 했어?"

"쓸데없는 말이지! 빚을 갚아주면 시집을 오겠다는 거야."

"그러면 자네가 아내로 맞이해."

"내가 그런 돈이 어디 있어."

갈림길에서 광이는 상인리 양원원의 집으로 향하고 장수는 조귀리 황취봉의 집으로 갔다. 장수가 멀리서 보니 황취봉의 집 앞 양쪽으로 기녀들이 타고 온 가마 일고여덟 대가 서 있었다. 아직 술자리가 끝나지 않은 모양이었다. 문을 들어서는데, 우연히 내안을 만나게 되었다. 장수가 물었다.

"아직 끝나지 않았나?"

"곧 끝날 거야."

"왕 나리께선 누구를 불렀어?"

"심소홍, 주쌍옥 두 사람 불렀어."

"홍 나리는 여기에 계신가?"

"응."

장수는 그 말을 듣고 주쌍주가 왔다면 분명 아금도 따라왔

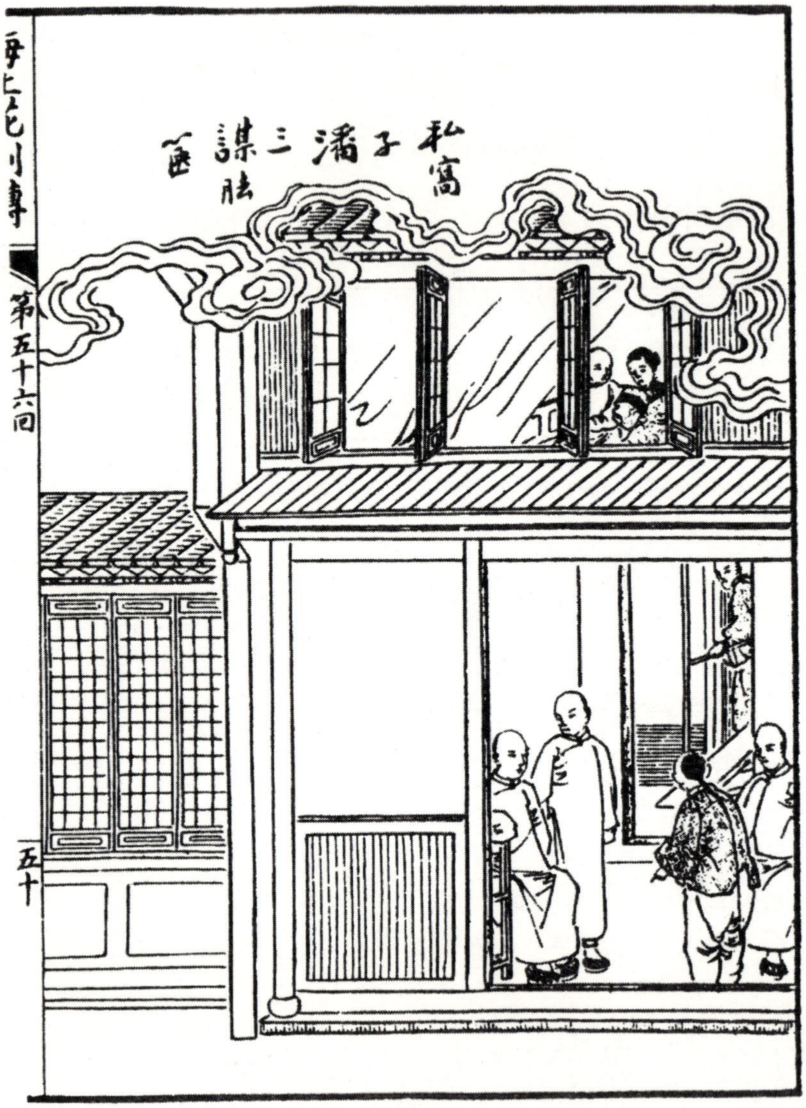
海上花列傳
第五十六回
五十
私窩子潘三謀匪賍

겠구나 하고 속으로 생각했다. 잠시 기회를 봐서 슬며시 이 층으로 올라가 주렴 사이로 살짝 엿보았다. 그때 술자리는 화권으로 왁자지껄하고 술기운이 한창 무르익고 있었다. 나자부와 요계순 두 사람은 자칭 '바닥 없는 구멍'이라고, 술잔의 수에 제한을 두지 않고 내기를 하고 있었다. 그러나 모두들 굴복하지 않았다. 왕연생, 홍선경, 주애인, 갈중영, 탕소암, 진소운 여섯 사람도 육국의 합종연횡처럼 격렬하게 싸워나갔다. 모두 애인이나 아주머니, 어린 하녀들이 대신 술 마시는 것을 허용하지 않았으며 기세등등하게 서로 지지 않으려고 하니 평상시보다 더욱 시끌벅적하였다.

장수는 주쌍주를 따라온 아금이 한가하게 옆에 서 있는 것을 보고 몸에 지니고 있는 호루라기를 꺼내 그쪽을 향해 '쉬' 하고 불었다. 그 자리의 사람들은 전혀 듣지 못했지만 아금은 그 소리를 듣고 주렴 밖으로 슬며시 빠져나와 이틀 뒤에 만나자고 장수와 조용히 약속을 했다. 장수는 아주 기뻐하며 시중을 들기 위해 아래층으로 내려가고 아금은 다시 슬그머니 방 안으로 숨어들어 갔다. 사람들은 화권을 하고 술을 마시느라 그들을 신경 쓸 틈이 없었다.

이 술자리는 열두 시까지 떠들썩하게 이어졌고, 거나하게 취한 손님들은 그제야 조금씩 쉬기 시작했다. 기녀들은 그들의 기분을 맞추기 위해 한 명도 떠나지 않았다.

자리가 끝나가려고 하자 요계순은 왕연생과 사람들에게 인사를 했다.

"내일 자리를 마련하고자 하니 모두 함께해주시게."

그리고 그는 그가 부른 기녀를 돌아보며 말했다.

"바로 이 사람의 집인 경운리에서 자리를 마련하겠습니다."

모두 그렇게 하겠다고 대답을 하며 물었다.

"마계생이라고 했던가? 오늘 처음 봤네만."

"나도 만난 지 얼마 되지 않네. 처음에는 친구가 불렀는데, 그때 친구가 소개해줘서 몇 번 불렀지."

그러자 모두 '좋아'라고 했다.

이야기가 끝나자 손님들과 기녀들은 일제히 작별을 고하고, 속속 아래층으로 내려갔다. 아주머니와 어린 하인들은 술 취한 그들이 넘어지지 않도록 앞뒤에서 부축하였다. 나자부는 손님을 보내고 방으로 돌아왔다. 황취봉이 그의 얼굴색을 보니 많이 취하지는 않은 것 같아 그를 마주하고 앉았다. 취봉이 물었다.

"무슨 일로 모두 왕 나리를 초대해서 술자리를 마련하려는 거예요?"

"강서로 부임을 가잖아. 그래서 우리 친구들이 송별회 자리를 마련하는 거야."

취봉이 자기도 모르게 한숨을 내쉬었다.

"심소홍 이제 고생하겠네! 왕 나리가 있으면 한번 잘해서 다시 사귀는 것도 괜찮은데. 이번에 가버리면, 끝이네요!"

"요즘 왕 나리 말이야, 무슨 이유인지는 모르지만 심소홍과 사이가 좀 좋아진 것 같아."

"지금 사이가 좀 좋아지면 뭐 해요. 애초 심소홍이 머리를 잘못 썼지. 왕 나리에게 시집을 갔다면, 지금 괜찮지요. 따라가도 좋고 다시 기녀생활 해도 좋잖아요."

"심소홍은 자기가 재미를 찾고 싶어서 광대랑 사귀는데, 어떻게 시집을 가나!"

취봉은 또 한숨을 쉬었다.

"기녀가 광대와 사귀는 것은 흔하지만, 문제는 기녀가 손해를 본다는 거죠!"

두 사람은 서로 이야기를 나누다 정리를 하고 잠자리에 들었다.

다음 날 일요일 오후, 나자부는 명원으로 바람 쐬러 갈 생각에 고승에게 마차 두 대를 부르라고 했다. 마침 황이저가 놀러 와서 방으로 들어오며 '나 나리', '큰 선생님' 하고 불렀다. 황취봉은 '엄마' 하며 자리로 청했다. 잠시 인사를 나누고 취봉은 장사가 어떤지 물었다. 황이저는 미간을 찌푸리고 고개를 내저으며 말했다.

"말도 마! 네가 있을 때는 정말 시끌벅적했지. 지금은 아니야. 금봉을 찾는 자리도 많이 없어. 기녀를 새로 들일까도 하는데, 제금화처럼 안 좋으면 어쩌나 싶기도 하고. 계속 이러다간 안 되겠다 싶어서 의논하려고 왔어. 무슨 수가 없을까?"

"그건 엄마가 생각해야죠. 내가 무슨 말을 해요. 기녀를 들여오는 것도 어려워요. 사람이 좋아도 장사가 잘 된다고 어떻게 확신하겠어요? 나도 요즘 장사가 시원찮아요."

황이저는 생각하느라 한참 아무 말 하지 않았다. 취봉도 그냥 내버려두었다.

잠시 후, 고승이 아뢰었다.

"마차가 왔습니다."

황이저는 마지못해 작별을 고하고 머뭇거리며 나갔다. 나자부는 고승을 데리고, 황취봉은 조가모를 데리고 각자 마차에 올라타고 명원까지 달렸다. 차를 마시려고 중앙 건물로 들어가 자리를 잡았다.

자부는 황이저의 이야기를 꺼냈다.

"자네 엄마는 무능한 사람이야. 너한테 돌봐달라고 하니 말이야."

"뭐 하러 엄마를 돌봐주겠어요! 나야 엄마에게 팔려 온 기녀잖아요. 그런데 엄마는 돈을 아쉬워하면서도 내 말은 듣지 않다가 지금에 와서 장사가 안 되니까 나에게 방법이 있냐고 묻고 있잖아요. 다시는 돈을 주나 봐요."

자부가 웃었다. 취봉은 또 심소홍의 이야기를 꺼냈다.

"심소홍도 쓸모없는 인간이야. 왕 나리가 장혜정과 사귄 건 아주 잘한 거예요. 당신 괜히 왕 나리에게 이르지 말아요. 뒤에서 몰래 왕 나리를 들쑤시면 나빠요."

이때, 심소홍이 혼자 천천히 걸어왔다. 취봉은 더 이상 말하지 않고 입을 다물었다. 자부는 멀찍이서 심소홍을 바라보니, 심소홍의 얼굴색이 아편으로 거무죽죽해져 있고 많이 수척해졌다는 것을 한눈에 알 수 있었다. 소홍 또한 멀리서 보고도 못 본 체하고 사선으로 가로질러 서양관으로 올라갔다. 그 뒤로 대관원의 무소생인 소류아가 왔다. 그는 최신 유행의 비단옷을 입고 있어 더욱 날렵해 보였다. 신발 바닥이 두툼한 경혜를 신고 있어 '따각 따각' 소리가 났다. 반지르르하게 땋은 머리를 뒤로 늘어뜨리고 있었다. 그는 그곳에 들어와 일부러 몇 바퀴 돌며 나자부가 앉은 탁자 쪽으로 다가와 황취봉을 자세히 훑어보았다. 황취봉은 아래위로 아주 깔끔하게 모두 흰색 옷을 입고 있었고, 머리 장식도 거의 하지 않고 있었다. 손목에 끼고 있는 백금 팔찌는 일본 보석 전람회에서 구입한 것이었다. 소류아는 일찍이 들은 바가 있어 특별히 안목을 넓히려고 그것에 눈길을 주었다.

황취봉은 그의 의도를 오해하고 소매를 털고 일어나며 나자부에게 말했다.

"이제 가요."

자부는 그 말을 따르며 명원의 곳곳을 둘러보고 명원 입구로 가서 마차에 올라탔다.

조부리 입구에서 내려 대문을 들어서니, 곁채에서 문군옥이 혼자 창가에 앉아 고개를 탁자에 파묻고 열심히 뭔가를 보고 있었다.

나자부는 창가로 가서 까치발을 하고 보았다. 탁자 위에는 『천가시(千家詩)』[1] 라는 책 한 권이 펼쳐져 있었다. 문군옥은 책에 눈을 바짝 갖다 대고 있어서 창문 밖에서 누가 자신을 보고 있는지도 눈치 채지 못했다. 황취봉은 나자부의 뒤에서 몰래 자부의 옷자락을 잡아당기며 그만 가자고 했다. 나자부는 웃음을 꾹 참고 이 층으로 올라가 방으로 들어갔다. 그는 조용히 황취봉에게 물었다.

"문군옥은 좀 이름이 나 있는 것 같던데, 왜 그런 거야?"

황취봉은 삐죽거리기만 하고 대답은 하지 않았다. 조가모는 옆에서 조용히 웃으며 말했다.

"나 나리, 왜요, 사귀시게요? 저는 가끔 부딪히기도 하는데 그 사람과 말을 나누면 정말이지 웃음이 나와요. 그 사람 말이 지금 상해는 이름뿐인 것 같다고, 조계지에는 진정한 기녀 한 사람 없지만, 다행히 자기가 상해에 왔기에 사람들에게 기녀의 체면을 살린다고 말이에요."

조가모는 이 말을 하다가도 또 웃었다. 자부도 따라 웃었다. 조가모가 계속 말을 이었다.

"제가 물었어요. '그러면 당신은 체면을 세웠나요?' 그러니까 '지금 이렇게 유지하고 있잖아요. 상해에 손님이 없다는 게 안타까워요. 손님이 있어도 언제나 한 사람하고만 사귀니까.' 라고 말하더군요."

자부가 그 말에 껄껄 웃었다. 취봉이 입을 뾰족 내밀며 눈치를 주자 조가모는 그제야 입을 닫았다.

저녁이 되자, 고승이 초대장을 올렸다. 자부는 요계순의 초대장인 것을 보고 바로 아래층으로 내려갔다. 마침 문군옥의 방문을 지나가는데 뭔가를 읊조리고 있는 소리가 들렸다. 자부는 속으로 상해에 이런 기녀만 있다면 어느 누가 사귀려 할까 하고 생각했다. 고승은 자부가 가마에 올라타는 것을 시중들고 경운리 마계생의 집으로 향했다. 요계순은 손님들이 모두 모이자 자리로 청했다.

요계순이 술자리의 주인인 이상 그냥 설렁설렁 보낼 리가 없었다. 모두들 한껏 즐겼고 왕연생은 속이 울렁거려 자리에 엎어졌다. 심소홍이 물었다.

"왜 그러세요?"

왕연생은 손을 내젓기만 하다 갑자기 '욱' 하더니 바닥에 토해냈다. 주애인은 너무 많이 마신 것 같아 자리에서 빠져나와 탑상에 드러누웠다. 임소분은 그에게 아편을 피우도록 시중들어주었다. 그런데 그 역시 몇 모금 피우지도 못하고 금세 곯아떨어졌다. 갈중영은 처음에는 사양하며 많이 마시지 않다가 뒤늦게 취하고 술잔을 빼앗으며 술을 마시려고 하였다. 오설향은 그를 말렸지만 중영이 아예 귓등으로 듣는 바람에 하마터면 싸움까지 할 뻔했다. 나자부는 갈중영이 신이 난 것을 보고 소리쳤다.

破題兒姚二宿勾欄

"좋아, 좋아! 우리 화권이나 하세."

그리고 갈중영과 큰 잔으로 열 잔을 내걸었다. 갈중영은 세 번을 지고 억지로 마셨다. 자부는 자신의 주량을 믿고 이미 많이 마셨는데도 이 일곱 잔을 마시자 비틀거리며 도저히 몸을 가누지 못했다. 홍선경과 탕소암, 진소운 세 사람은 바로 앞에 술이 놓여 있어도 특별히 조심하며 한 모금씩 마셔서 정신도 말짱하고 취기도 전혀 없었다. 그들은 이 네 사람이 많이 취한 것을 보고 주인 요계순에게 술자리를 정리하자고 말하고 네 사람을 가마에 태워주고 헤어졌다.

요계순은 주량도 세서 술자리에서는 아무렇지도 않았는데 손님을 배웅해주려고 일어나자 순간 현기증이 나서 몸을 가누지 못하였다. 다행히 마계생이 뒤에서 받쳐주어서 넘어지지는 않았다. 마계생은 손님이 모두 떠나자 아주머니와 함께 요계순을 부축하여 침대로 가서 뉘었다. 그리고 옷을 벗기고 얇은 이불을 덮어주었다. 요계순은 아무것도 모르고 잠이 들었다. 날이 밝자 눈을 뜨고 보니, 자기 침대가 아니고 게다가 옆에서 누군가 자신의 시중을 들고 있었다. 정신을 가다듬고 자세히 생각해보니 마계생의 집이었다.

그런데 요계순의 둘째 부인은 단속이 아주 엄해서 매일 밤 열 시에 귀가해야 하고, 조금이라도 늦으면 바로 견책을 가했다. 만약에 관장에 공무가 잔뜩 쌓여 밤을 새야 할 때는 반드시 사람을 보내어 둘째 부인에게 알려야 했다. 둘째 부인은 몰래 알아보고 사실이라고 하면 그제야 안심하고 넘어갔다. 이전에 요계순이 위하선과 만날 때도, 아무리 그 두 사람이 정이 통해도 밤새도록 즐기지는 못했다. '추태를 보인 그날'부터 둘째 부인은 몇 차례 난리를 피우고 다시는 위하선을 만나는 것을 허락하지 않았다. 요계순도 어쩌지 못해 모진 마음을 먹고 관계를 끊었다.

그러나 요계순은 아부를 하며 사업을 하려면 몇 차례 체면치레로 기루에 드나들 수밖에 없었다. 둘째 부인도 그 이유를 누구보다 잘 알고 있었다. 그때 마침 집에서 부리고 있는 마씨 성을 가진 아주머니가 마계생과 같은 성씨라고 둘째 부인 앞에서 마계생의 좋은 점들을 늘어놓았다. 그래서 둘째 부인은 요계순에게 마계생을 만나라고 부추기며, 귀가 시간도 열두 시로 조금 늦춰주었다.

그런데 요계순은 술에 취해서 그만 마계생의 집에서 하룻밤을 지내고 말았다. 이는 살아오면서 처음으로 경험하는 첫날밤이지만 집에 있는 둘째 부인이 이번 일로 난리를 피우면 분명 단속이 배로 심해질 것이고, 거짓말로 적당히 넘어가다 만에 하나 가마꾼이 발설하면 오히려 상황은 악화될 것 같고, 이래저래 생각해보아도 도무지 묘안이 떠오르지 않았다.

마계생은 노곤하여 잠이 쏟아졌다. 요계순은 아쉽게도 잠을 자지 못하고 눈을 뜬 채 정오까지 있었다. 그때 응접실에서 남자 하인이 소리쳤다.

"계생 아가씨, 출탑니다."

아주머니가 옆방에서 대답하며 물었다.

"누가 부르는 거야?"

남자 하인이 대답했다.

"요 씨예요."

요계순은 '요'자를 듣고 아기 사슴이 벌벌 떨며 이리저리 날뛰는 마냥 가슴이 벌렁거려 일어나 앉으며 귀를 갖다 대고 들었다. 아주머니가 다시 말했다

"둘째 도련님이 바로 요 씨야, 이분 말고는 없어."

남자 하인이 다시 '큭' 하고 웃었다. 이어서 갑자기 시끄러워지더니 다시 조용해져서 도무지 무슨 말인지 분명치 않았다.

요계순은 마계생을 흔들어 깨우고 급하게 옷을 입고 침대에서 내려왔다. 그리고 아주머니를 방으로 불러 자세히 물었다. 아주머니는 손에 든 국표를 요계순에게 올리며 히히거렸다.

"둘째 마님께서 호중천에서 우리 아가씨를 불렀어요. 그래서 둘째 도련님 가마꾼이 이걸 보내왔어요."

요계순은 청천벽력 같은 소리에 깜짝 놀라서 눈을 휘둥그레 뜨고 입을 헉 벌린 채 어떻게 해야 할지 몰랐다. 그런데 마계생은 그 의도를 눈치채고 미소를 지으며 '갈게'라고 대답하고 가마꾼을 먼저 보냈다. 마계생은 아주머니에게 세숫물을

가져오라고 하고 얼른 세수를 하고 머리를 빗었다.

요계순이 마음을 대충 정하고 마계생을 말렸다.

"내가 갈 테니 너는 가지 마. 나는 어쨌든 괜찮아. 무슨 수를 써도, 설마 날 죽이기야 하겠어?"

마계생은 멍한 표정을 지으며 물었다.

"날 불렀는데, 왜 가지 말라는 거예요?"

요계순이 미간을 찌푸리며 말했다.

"네가 가면 서양식당에서 조만간 난리가 날 텐데, 그게 무슨 꼴이야?"

마계생은 실소를 하며 말했다.

"그래서 절 여기에 있으라고 하는 거군요. 소란이야 어딘들 못하겠어요. 왜 하필 서양식당으로 오라는 걸까요? 당신 부인이 정신이 나갔어요?"

요계순은 더 이상 말을 꺼내지 못하고 계생이 화장하고 옷을 갈아입고 혼자 문을 나서서 가마에 오르는 것을 보고만 있었다. 요계순은 아주머니에게 무슨 일이 생기면 가마꾼에게 즉시 알리라고 당부했다. 아주머니는 그러겠다고 대답하고 마계생을 쫓아갔다.

---

1 송대(宋代) 사방득(謝枋得)의 『중정천가시(重訂千家詩)』와 명대(明代) 왕상(王相)의 『오언천가시(五言千家詩)』를 합친 것. 모두 22권에 1,281수가 수록되어 있다. 모두 당송 시가의 율시와 절구이다.

57

달콤한 말로 질투심을 속이고,
집요하게 뚝배기 바닥을 긁듯 캐묻다

甜蜜蜜騙過醋瓶頭 狠巴巴問到沙鍋底

마계생의 가마는 사마로 호중천 식당 문 앞에서 멈추었다. 계생은 아주머니의 손을 잡고 이 층으로 올라갔다. 종업원은 첫 번째 방으로 안내했다. 둘째 부인 요 씨는 만면에 웃음을 띠고 일어나며 그녀를 맞이했다. 계생은 잰걸음으로 앞으로 가서 '둘째 마님' 하며 인사를 하고 마 씨 아주머니에게도 인사를 했다. 둘째 부인은 계생의 손을 잡고 가죽 의자로 가서 나란히 앉았다. 요씨 부인이 말문을 열었다.

"자네를 청하려는데, 아래층 회계방에서 귀찮게 하길래 아예 국표를 썼네. 뭘 드시고 싶은가? 주문하게."

계생은 사양했다.

"전 먹었어요. 둘째 마님께서 주문하셔요."

계속 권해도 사양을 하자 둘째 부인은 몇 가지 요리를 대신 종업원에게 주문하고 차를 한 잔 건네주며 한담을 나누었다. 그러나 요계순의 이야기는 하지 않았다. 계생은 속으로 말을 해야겠다고 마음을 먹고 먼저 어젯밤 일을 꺼냈다. 둘째 도련님이 어떻게 술자리를 마련해서 손님을 청했고, 술내기 화권 놀이를 어떻게 했으며, 술을 많이 마셔서 얼마나 취했는지 그리고 어떻게 곯아떨어져서 꼼짝하지 못했으며, 자기와 아주머니 두 사람이 어떻게 옮겨 와 침대에 눕혔는지, 또 오늘 아침 둘째 도련님이 잠에서 깨어나 얼마나 놀라며 이상해했는지, 지난 밤 일을 기억하지 못하더라고 말하며 애매하거나 숨기거나 하는 것 없이 세세하게 둘째 부인에게 말해주었다.

둘째 부인은 계생이 다른 사람들과 확연히 다르게 정직한 사람이라고 들어왔는데 오늘 그녀가 하는 말을 듣고 보니 틀리지 않아 속으로 아주 기뻤다. 마침 종업원이 탕병[1]을 들고 왔다. 둘째 부인은 억지로 계생에게 권했지만 계생은 계속 사양했다. 둘째 부인은 마 씨 아주머니에게 권해보라고 다그쳤다. 계생은 하는 수 없이 그녀의 권유를 못 이기고 탕병을 먹었다. 그리고 생선요리가 올라왔다.

둘째 부인은 요리를 먹으면서 물었다.

"지금 둘째 도련님은 일어나셨나?"

"제가 나오려고 할 때 일어나셨어요. 둘째 마님께서 부르신

甜蜜蜜騙過醋瓶頭
第五十七回

다고 했더니 아주 조급해져서 혹시 한마디 할까 걱정하셨어요. 그래서 제가 '괜찮아요. 둘째 마님은 기본을 갖춘 분이세요. 당신이 바깥에서 돈을 함부로 쓰고 또 몸을 상하게 할까봐 걱정하시는 거예요. 당신이 잘 해봐요, 마님도 당신을 나무라지 않아요.'라고 말했어요."

둘째 부인은 한숨을 쉬었다.

"그 사람을 말하면 정말 화가 나! 자기 잘못은 탓하지 않고 나만 잔소리가 많다고 생각하는 것 같아. 외출하면 어디에서 누구를 만나든지 간에 내가 아주 나쁘다는 둥, 내가 사납다는 둥, 남편을 간섭하려고 한다는 둥, 내가 외출을 못하게 한다는 둥 이런 말들을 하고 다녀. 자네를 여러 번 불렀을 텐데, 자네한테도 이런 말 하지 않았어?"

"지금은 아니에요. 철없이 말하는 것 같지만 속으로는 분명하게 아셔요. 둘째 마님께서는 다 도련님 잘되라고 하는 말씀이잖아요. 저도 가끔씩 도련님께 타이르곤 해요. '둘째 마님은 우리 같은 기녀들과 비교할 수 없어요. 당신이 기루에 오면 손님이에요. 손님이 철이 있든 없든 우리가 상관할 바 아니니까 당연히 당신에게 아무 말 하지 않는 거예요. 둘째 마님은 당신 가족이에요. 당신이 잘해야 둘째 마님에게도 좋잖아요. 그러면 당신을 간섭하지도 않을 거고 또 외출 금지도 하지 않겠지요. 어쨌든 당신이 잘해야죠. 만약 저도 남편이 있어서 밖에서 철없는 행동을 한다면 똑같이 잔소리할걸요.'라고 말이죠."

둘째 부인이 말했다.

"지금은 그 사람에게 아무 말 하지 않아. 그 사람이 그만둘 때까지 보고 있을 참이야. 내가 말해도 안 듣고 그 기루만 도와주니까. 위하선 그 죽일 년이 나에게 욕을 퍼부었는데도 그 모자란 사람은 그 죽일 년에게 향초를 피워주러 가서[2] 내가 잘못했다고 말했다는 거야! 내가 무슨 낯으로 그 사람을 나무라겠어?"

둘째 부인은 여기까지 말하고는 점점 숨이 거칠어지고 얼굴이 부어올라 핏줄들이 다 터져버릴 것 같았다. 계생은 더 이상 말을 하지 못했다. 바로 그때 다섯 번째 요리가 올라왔다. 계생은 매번 올라오는 요리의 맛을 보고 마 씨 아주머니에게 주었다. 손수건으로 입가를 닦고 자리에 편히 앉았다.

계생은 다시 천천히 말을 꺼냈다.

"저도 사실 말하기가 그래요. 둘째 도련님은 사실 방탕하긴 하죠. 마님께서 늘 해오셨듯이 단속하셔야 합니다. 그냥 내버려두었다간 상해 기녀들이 죄다 그와 사귀고 싶어할 텐데, 마님께서 단속해주셔야 그나마 괜찮지요. 둘째 마님, 안 그렇습니까?"

대답은 하지 않았지만 둘째 부인의 얼굴에 미소가 번졌다. 잠시 후, 둘째 부인은 다시 계생의 손을 잡고 회랑으로 나가 걸으며 난간에 나란히 기댔다. 그리고 계생에게 나이가 몇이며, 부모님은 있는지, 정혼은 했었는지를 물었다. 계생은 열아

홉 살이며, 양친 모두 돌아가신 뒤에 빚을 감당할 수 없어 이 길에 들어서게 되었다며, 누가 불구덩이에서 꺼내주면 삼생에 걸쳐 그 은덕을 잊지 않을 거라고 대답하였다. 둘째 부인이 길게 한숨을 쉬었다. 이번에는 계생이 둘째 부인에게 물었다.

"한 곡 들어보시겠어요? 제가 들려 드릴게요."

둘째 부인이 말렸다.

"괜찮아. 이제 가야 해."

그리고 다시 계생과 함께 방으로 돌아와 마 씨 아주머니에게 계산하라고 했다.

둘째 부인은 다시 한숨을 쉬었다.

"내가 위하선 그 죽일 년 때문에 몇 번 싸우는 바람에 소문이 안 좋게 났어. 누가 내 억울한 심정을 알아주겠나. 지금처럼 너와 만났었다면 안심했을 텐데. 질투라면 왜 싸우지 않겠어?"

계생은 미소를 지으며 말했다.

"위하선 같은 서우들은 속일 줄 알아요. 저처럼 고지식한 사람은 손님도 몇 명 없어요. 둘째 도련님을 알고부터 마음속으로 둘째 도련님 사업이 잘되고 건강하기만을 바라며 여태껏 지내오고 있어요."

"내가 자네에게 할 말이 또 있네. 기왕 둘째 도련님이 자네 집에 있으니, 자네에게 둘째 도련님을 넘겨주겠네. 둘째 도련님이 조계지로 오면 절대 기녀들을 부르게 놔두지 말게. 만약 꼭 불러야 한다면 자네가 아주머니 편으로 나에게 서신을 보내 알려주게."

계생은 그러겠다고 대답했다. 둘째 부인은 계생의 손을 잡고 천천히 내려가 서양식당 문을 나섰다. 계생은 마 씨 아주머니가 둘째 부인의 가마 뒤를 따라 가는 것을 보고 나서야 가마에 올라타고 경운리로 돌아왔다.

요계순은 탑상에 누워 아편을 피우고 있었다. 계생은 짐짓 성난 표정으로 말했다.

"당신은 괜찮으시네요. 마님이 당신을 가만두지 않았을 텐데요! 좀 조심해요, 아시겠어요?"

계순은 이미 염탐꾼을 보내 소식을 전해 들었기 때문에 전혀 개의치 않고 실룩실룩 웃기만 했다. 계생은 외출복을 벗고 둘째 부인이 한 말들을 자세하게 이야기해주었다. 계순은 더 이상 휘둘리지 않아도 되니 좋아서 어쩔 줄 몰랐다. 그러나 계생은 오히려 계순에게 훈계를 했다.

"당신 나중에 술자리에 가서 조금 일찍 집으로 돌아가세요. 둘째 마님이 저에게 물어보더군요. 당신이 아무리 부인을 싫어해도 위하선과 비교할 수 있나요."

계순은 말이 끝나기도 전에 소리를 질렀다.

"다시 위하선 이야기를 꺼냈다간 정말 마누라에게 맞아!"

"그럼, 당신 말은 요이에게 흥미가 없다는 거네요. 둘째 마님이 당신에게 계속 만날 건지 물어보면 지금은 마음에 드는 기녀가 없어서 만나고 있다고 하세요. 그러면 둘째 마님은 당신을 좋아할 거예요."

계순은 그러겠다고 순순히 대답했다. 또 잠시 의논을 하고 계순은 마계생의 집을 나서서 가마를 타고 일을 처리하러 갔다. 저녁에 일을 끝내고 다시 술자리로 갔다.

이날 저녁은 갈중영이 동합리 오설향의 집에서 왕연생을 위해 송별회를 마련한 것이었다. 이전처럼 일곱 명이 참석했다. 요계순은 일찍 돌아갈 생각에 자리가 끝나기도 전에 먼저 떠나갔다. 다른 사람들도 밤새도록 술을 마셔도 주흥이 날 것 같지 않아 잠시 앉아 있다가 헤어졌다.

왕연생은 일찍 술자리가 끝나자 홍선경과 함께 걸어서 공양리 주쌍옥의 집에 차를 마시러 갔다. 두 사람은 쌍옥의 방으로 갔다. 주쌍주가 그 방으로 건너와 인사를 하며 말했다.

"오늘은 괜찮으시네요. 어제 저녁처럼 술을 마시면 사람 잡죠!"

아주는 연생에게 아편 담뱃불을 붙여주며 말을 이었다.

"왕 나리, 다음부터는 술을 조금 마셔요. 술도 많이 마시고 게다가 아편까지 피우시면 몸이 견뎌나질 못해요. 맞잖아요?"

연생은 웃으며 끄덕였다. 아주가 아편을 채우자 연생이 입으로 빨아 당겼다. 담뱃대 안의 아편 기름을 빨아 당기다 말고 벌떡 일어나더니 탑상 앞에 놓인 타구에 토했다. 아주는 황급히 담뱃대를 뚫었다. 쌍옥은 멀찍이 앉아 있다가 교건에게 눈짓을 했다. 교건은 바로 화장대 서랍 안에서 유리단지 하나를 꺼냈다. 그 안에는 산사포(山査脯)[3]가 반쯤 담겨 있었다. 교건은 왕 나리와 홍 나리에게 조금 먹어보라고 권했다. 연생은 갑자기 숨이 트였다.

아주는 담뱃대를 뚫고 나서 연생에게 불을 붙여주며 말했다.

"지금 소홍 선생은 그 엄마가 술자리에 따라다녀요?"

연생은 고개를 끄덕였다.

"그러면 대아금이 나가고 난 후에 여자 하인도 쓰지 않아요?"

연생은 또 고개를 끄덕였다.

"작은 집으로 이사 가야 한다고 하던데, 정말입니까?"

"몰라."

아주는 아편을 다시 채워주었지만 연생은 바로 피우지 않고 갑자기 일어나 다리를 꼬고 앉았다. 물담배를 피우려는 것이었다. 교건이 물담배를 올리자 연생이 받아 들고 직접 한 모금 피우다 말고 까닭 없이 눈물을 흘렸다. 아주는 이유를 물을 수도 없었다. 쌍주와 쌍옥은 서로 쳐다보며 가만히 있었다. 방 안은 아주 조용했다. 다만 사방에서 들려오는 귀뚜라미 소리만 귓가에 울렸다.

선경은 연생의 마음을 알고 가만히 내버려두고 쌍주와 몇 마디 나누었다. 그때 방문의 주렴을 올리며 머리 하나가 쑥 들어오더니 두리번거렸다. 어린아이 같았다. 쌍주가 소리치며 물었다.

"누구야?"

바깥에서는 대답이 없었다. 쌍주가 다시 소리쳤다.

"들어와!"

그제야 삐죽거리며 쌍주 앞으로 걸어왔다. 알고 보니 아금의 아들 아대였다. 그는 중얼거리며 쌍주에게 말을 하였지만 무슨 말을 하는지 알 수 없었다. 쌍주는 콧방귀를 뀌고, 아대는 도로 순순히 물러났다. 이어서 아래층에서 따각따각 발소리가 들려왔다. 이 층 방으로 뛰어올라 오는 소리였다. 쌍주는 아금인 것을 보고 화가 나서 무시해버렸다. 아금은 부끄러워하며 중간 방을 빠져나가 아대와 세세하게 의논하였다. 선경은 자기도 모르게 웃음이 나왔다.

연생은 다시 드러누워 아편을 피웠다. 그리고 아주에게 내안을 불러 가마를 대령하라고 하였다. 선경과 쌍주 그리고 쌍옥 모두 문 입구까지 나와 그를 배웅해주었다.

왕연생이 가고 난 후 선경은 쌍주의 방으로 갔다. 아주는 정리를 하고 나서 일부러 건너와서 선경에게 물었다.

"왕 나리께서는 왜 화가 나셨나요?"

"괜히 왕 나리겠나!"

"관리가 되신 건데 기분이 좋아야지, 왜 화가 나요?"

"처음에는 왕 나리가 심소홍만 좋아하지 않았더냐? 심소홍이 실망시켜서 장혜정과 혼인했었고. 그런데 장혜정도 그럴 거라 누가 알았겠나! 이번에는 장혜정이 실망을 시켜서 다시 심소홍과 만났지. 만나기는 하지만 속으로는 화가 나 있지!"

"장혜정이 어떻게 실망시켰다는 거예요?"

"그냥 뭘 했다고 말하긴 그렇고."

아주는 지난번에 왕연생의 공관으로 갔다가 장혜정이 얻어 맞는 소리를 들었다고 말해주었다. 선경도 말했다.

"심했지! 왕 나리가 두들겨 패고 나서는 내치려고 했어. 장혜정이 생아편을 먹어서 우리 몇 명 친구들이 가서 말렸는데, 조카를 내쫓는 것으로 이 일은 일단락됐어."

아주도 한숨을 쉬었다.

"장혜정도 그렇게 노력하지는 않는군요! 심소홍이 알면 좋아서 깔깔 넘어가겠어요!"

한참 이야기를 신나게 하고 있는데 남자 하인이 아뢰었다.

"작은 선생 출탑니다."

아주는 건넛방으로 돌아가 주쌍옥의 출타에 따라나섰다. 선경이 쌍주에게 말했다.

"아쉽게도 왕 나리가 다른 곳으로 가네. 안 그러면 쌍옥을 소개해주면 좋을 텐데 말이야."

"쌍옥 말을 하니 생각이 나네요. 우리 엄마가 상의하려고 했는데 제가 말한다는 걸 깜빡하고 있었어요."

"무슨 이야기?"

"우리 쌍옥이 산가원에서 돌아온 후 계속 손님을 받지 않으려고 해요. 저와 엄마가 몇 번을 말해봤지만, 다섯째 도련님이 꼭 데려가기로 이야기가 다 됐다는 말만 하네요. 제가 속사정을 대놓고 말해주려니 좀 그래요. 그러니까 당신이 도련님에게 어떻게 할 생각인지 물어봐 줘요. 데려갈 거면 데려가고, 그게 아니라면 도련님이 쌍옥에게 직접 말해줘서 일을 하게 하는 게 맞지 않나요?"

"쌍옥이 겉보기와 다르구만. 수작이 보통이 아니야."

"그 두 사람 모두 허무맹랑한 거죠. 도련님이 정혼했다는 건 말할 것도 없고, 안 했다고 해도 쌍옥을 큰 마님으로 데려가겠어요!"

선경이 대답하려는데, 예상치도 못하게 주쌍보가 한동안 선경을 뵙지 못했다며 들어와서 일부러 어리둥절한 표정을 지으며 물었다.

"큰 마님이 어디 있어요? 보여줘요."

쌍주는 입 싼 쌍보가 얄미워 눈을 부릅뜨고 그녀를 째려봤다. 쌍보는 얼른 입을 다물고 한쪽으로 물러나 앉았다. 아금은 방으로 들어오자마자 쌍보에게 귓속말을 했고, 쌍보도 귓속말로 대답했다. 아금은 가볍게 한 마디 욕을 하고 돌아앉아 골패를 꺼내 가지고 놀았다. 선경은 쌍보에게 요즘 어떻게 지내는지 몇 마디 물었다.

잠시 후 쌍옥이 돌아왔다. 쌍보는 쌍옥이 돌아오는 기척을 듣고 아래층으로 피했다. 쌍옥은 쌍주의 방으로 건너와서 잠시 이야기를 나누었다. 열두 시를 알리는 종소리와 함께 교건이 죽을 들고 올라왔다. 아금은 골패를 내려놓고 선경과 쌍주, 쌍옥 세 사람의 식사를 도왔다. 교건이 그릇과 젓가락을 정리하자 아금은 다시 골패를 가지고 놀았다. 선경은 아대가 어둑한 방문 앞에 숨어 있는 것을 보고 불렀다.

"뭐 하고 있어?"

아대는 살금살금 도망을 갔다가 순간 다시 문 앞에서 머뭇거렸다. 쌍주는 마음에 들지 않았지만 아예 그냥 내버려두었다.

남자 하인이 등을 내리고 대문을 닫는 소리가 들렸다. 쌍옥은 인사를 하고 자러 방으로 돌아갔다. 교건이 다시 세숫물을 가져오자 아금은 골패를 상자 속에 넣고 쌍주가 얼굴을 닦고 화장을 지우는 것을 도왔다. 남포등을 끄고 화장대 위 다리가 긴 등을 켰다. 침상에 오색 이불을 걷어내고 가장 얇은 요만 깔았다. 교건은 돌아가고 아금은 원래 자리에 우두커니 앉아 고개를 숙였다. 아대는 방으로 들어와 아금 옆으로 갔다. 선경은 속으로 생각만 하고 그가 어떻게 하는지 가만히 보았다.

잠시 후, 아덕보가 손에 물주전자를 들고 와서 차를 따랐다. 그리고 아금을 돌아보며 냉랭하게 물었다.

"돌아갈 거야?"

아금은 우물쭈물 대답은 않고 아대를 데리고 먼저 나갔다. 아덕보는 바로 좇아 나갔다. 갑자기 계단 아래쪽이 왁자지껄하게 소란스러웠다. 아덕보가 욕하고 때리는 소리, 아금이 울고 고함치는 소리, 아대가 소리치고 동동 발을 구르는 소리, 그 사이사이 아주와 교건이 말리는 소리, 하인들이 끌어내며 말리는 소리, 주란이 꾸짖는 소리 등 여러 소리들이 섞여 들려왔다.

선경은 난리법석에 놀라 이 층에서 내려다보았지만 보이지 않았다. 아덕보가 때리고 욕을 퍼부으며 소리쳤다.

"대마로 어디에 가? 내가 묻잖아! 대마로 어디에 가냐고? 어서 말해!"

다른 말은 묻지 않고 이 말만 되풀이했다. 아금은 대답하지도 않고, 용서해달라고 하지도 않고, 악을 쓰며 울고불며 소리만 질러댔다. 아주와 교건 그리고 남자 하인은 이리저리 말려보았지만 서로 떼어내지도 막지도 못했다. 주란이 화가 치밀어 올라 소리를 질렀다.

"죽일 생각이야?"

이 고함소리에 아덕보가 잠시 손을 풀자 아주와 교건이 아금을 끌고 나와 얼른 주란의 방으로 밀어 넣었다. 아덕보는 화가 식지 않아 닥치는 대로 아대를 붙잡고 물었다.

"엄마랑 대마로에 가서 뭐 했어? 네가 아들 새끼야? 돼지 새끼지!"

그는 욕을 하며 아대를 때렸다. 아대는 울며불며 소리 지르고 발을 동동거렸다. 정말이지 돼지 새끼를 잡아 죽이는 것 같왔다. 남자 하인이 아대를 빼내려 하자 아덕보는 아대의 변발을 틀어쥐고 죽기 살기로 놓아주지 않았다.

쌍주는 이제 더 이상 참지 못하고 머리를 풀어헤친 채로 나와 아덕보를 불렀다.

"아덕보, 정말 여기서 이럴 거야? 저 어린 게 뭘 알아?"

남자 하인은 쌍주의 말에 아덕보에게 달려들어 그의 손을 풀어 아대를 데리고 나와 주란의 방으로 들여보냈다. 아덕보는 하는 수 없이 성큼성큼 대문을 뛰쳐나갔다.

선경과 쌍주가 자려고 돌아서는데, 쌍옥도 머리를 풀어헤치고 자기 방문 앞에 서서 아금이 두들겨 맞는 소리를 듣고 있었다. 선경이 웃으며 말했다.

"아금도 끝났어. 저렇게 심하게 맞았는데 일을 할 수 있겠어?"

모두 잠자리에 들었다. 아금과 아대도 주란의 방에서 하룻밤을 묵었다.

다음 날, 선경은 조금 일찍 일어났다. 아금은 마침 허리를 숙여 방바닥을 쓸고 있었다. 울어서 눈이 퉁퉁 부어 있고 수심이 가득한 얼굴을 하고 있었다. 선경은 몇 마디 위로의 말을 하고 싶었으나 말하기가 머쓱했다. 점심을 먹고 나서 선경이 나가며 쌍주가 깨지 않도록 아금에게 당부의 말을 했다.

"중화리로 가니까 선생 일어나거든 말해줘라."

아금이 그러겠다고 대답을 했다.

狠巴巴閙刦沙鍋底

선경은 주쌍주의 집을 나와 골목을 두 번 돌아 주공관의 문 앞에 도착했다. 장수가 그를 보자 무슨 일이 난 걸로 알고 깜짝 놀라며 허둥거리며 물었다.

"홍 나리, 무슨 일이십니까?"

선경은 잠시 멍해졌다가 이내 대답했다.

"무슨 일이긴, 다섯째 도련님 보러 온 거네."

장수는 그제야 안심을 하고 선경을 서재로 부리나케 모셨다. 주숙인에게 인사를 하고 자리에 앉아 이야기를 나누었다. 천천히 주쌍옥의 뜻을 치켜세우며 지금까지 손님을 받지 않으려고 하고 있으며 그녀를 아내로 맞이하면 그야말로 풍류의 아름다운 이야기가 될 것이라고 했다. 그러지 않을 거면 주란도 장사를 해야 하니까, 쌍옥이 더 이상 바보처럼 기다리다 일생을 허비하지 않도록 직접 쌍옥에게 말해주기를 바란다고 일러주었다. 숙인이 알겠다고만 대답하자 선경은 분명하게 대답을 해달라고 했다. 그러나 숙인은 다음에 결정해서 말해주겠다고 했다. 선경은 하는 수 없이 인사를 하고 돌아가 주란에게 전해주었다.

숙인은 홍선경을 배웅하고 서재로 돌아왔다. 그는 주쌍옥을 아내로 맞이하려면 제운수와 의논해야 한다고 생각했다. 게다가 제운수는 일전에 손쉬운 일이라고만 말했던 터였다. 그러나 쌍옥의 의중은 정실로 들어가는 것이지 첩으로 내려앉는 것이 아니었다. 그러니 차라리 속일 수 있을 때까지 속였다가 그때 가서 털어놓고 쌍옥에게 용서를 구하는 것도 괜찮을 것 같았다.

오후에 숙인은 주애인이 외출했다는 이야기를 듣고, 혼자 가마를 타고 일립원으로 갔다. 일립원의 집사는 그를 알아보고 바로 가마를 일립원 안으로 안내하며 돌아 대관루 앞에서 멈추었다. 집사는 대인이 아직 오수 중이라며 집사의 방으로 가서 잠깐 있으라고 청했다. 숙인은 고개를 끄덕였다. 집사가 계단을 오르도록 안내하는데, 중간 방 안에서 골패 소리가 들려왔다. 숙인은 마작 하는 걸 알고 잠시 걸음을 멈추고 머뭇거렸다. 그러나 집사는 벌써 나와 주렴을 걷어 올리며 숙인을 안으로 청했다.

---

1 湯餠 : 밀가루 반죽을 손으로 뜯어 넣어 끓인 탕

2 집안에 불운을 없애기 위해 액막이를 하는 것을 말한다.

3 산사나무 열매를 말린 것으로, 식욕을 증진시키고 심장기능을 강화시키는 효능이 있다.

58

이학정은 집안 대대로 내려오던 재산을 쏟아붓고, 제삼저는 온 천하를 거짓말로 잘도 속이다

李少爺全傾積世資 諸三姐善撒瞞天謊

주숙인은 대관루의 중간 방으로 들어갔다. 이학정, 고아백, 윤치원, 소관향 네 명이 마작을 하고 있었다. 그들은 자리에서 일어나 인사를 했다. 소관향이 말했다.

"저는 대인 대신 하다가 많이 잃었어요. 도련님이 하셔요."

주숙인은 못한다며 사양했다. 고아백이 말했다.

"못해도 괜찮아. 관향이 있잖아."

윤치원이 말했다.

"저 사람 말은 쓸데없는 소리이니 듣지 말게. 지난 번 봉의수각에서 주쌍옥이랑 마작을 한 사람이 누구였더라?"

주숙인은 그제야 겸연쩍어하며 자리에 앉았다. 마작을 한

번 돌리고 나자 마침 제운수가 오수를 즐기고 천천히 들어왔다. 주숙인은 그를 보고 일어나며 자리를 양보하였다. 제운수가 말했다.

"그냥 계속하게."

주숙인은 고집스럽게 하지 않겠다고 하였다. 제운수도 더 이상 강권하지 않고 소관향에게 대신 하라고 하고 자신은 숙인과 한담을 나누었다. 그러나 숙인은 사람들 앞에서 상의해야 할 이야기를 꺼내지 못했다.

잠시 후, 제운수는 직접 마작을 하려고 자리에 앉으면서 주숙인에게 당부의 말을 했다.

"자네 여기에 머물게. 나중에 주쌍옥을 불러서 함께 며칠 놀다가 국화 감상하고 돌아가게."

숙인은 그러겠다고 대답했다. 날이 저물자 마작을 끝내고 모두 대관루를 나섰다. 구불구불한 남쪽 길을 따라 가다 횡파감으로 들어섰다. 제운수는 호수 너머를 가리키며 말했다.

"국화산은 다 만들어졌는데 천막이 아직 안 만들어졌어."

이학정과 주숙인은 고개를 쭉 내밀고 보았다. 서남쪽 멀리 국화산은 보이지 않고, 지붕 위에 서너 명의 장인들이 꿇어앉아 일하고 있는 모습이 보였다. 그 주위를 살펴보았으나 대나무 숲 사이로 주홍색 난간 귀퉁이만 보일 뿐이었다. 고아백이 말했다.

"여기는 국화산 뒤쪽이니까 당연히 안 보이지."

윤치원이 말했다.

"조급하긴. 내일이면 다 완성될 텐데."

그리고 그들은 횡파감을 나와 봉의수각을 지나 낚시터로 갔다. 위에는 세 칸짜리 큰 누각이 있는데, 정면의 현판에 '연상헌(延爽軒)'이라는 글자가 초서로 쓰여 있었다. 필치가 마치 바람을 타고 날아갈 듯하였다.

그때 해는 서산으로 지고 있었다. 구름은 노을에 붉게 타오르고 석양은 창가의 탁자를 선명하게 비추었다. 모두 감상을 하며 거닐다 연상헌으로 들어갔다. 집사가 일찌감치 연회 자리를 마련해두고 있었다. 양원원, 주쌍옥, 요문군, 장수영이 모두 도착하자 제운수는 바로 그들을 자리에 청하였다.

양원원은 소매 속에서 초대장을 하나 꺼내 조용히 이학정에게 주었다. 학정은 읽고 나서 전대 안에 넣었다. 나갈 생각에 자리에 편히 앉아 있지도 못하고 더구나 술 마실 엄두도 내지 못했다. 주숙인도 상의할 일이 있어 나른하니 그다지 흥이 나지 않았다. 그래서 술자리는 아주 조용했다.

점심을 먹고 나자 안주가 올라왔다. 이학정은 핑계를 대며 작별인사를 했다. 제운수는 냉소를 지으며 말했다.

"자네 또 나를 속이려고 하는군. 자네에게 중요한 사업이 있다는 거 잘 알고 있네. 지금이 바로 그 일이잖아."

학정은 얼굴에 부끄러운 기색을 드러내며 아무 말도 하지 못했다.

잠시 후, 술자리가 끝나자 다들 편히 앉았다. 이학정과 양원원은 작별인사를 하고 연상헌 앞에서 가마에 올랐다.

일립원 밖으로 나가자 가마 두 대는 서로 다른 길로 갔다. 양원원은 상인리로 돌아가고 이학정은 모퉁이를 돌아 북쪽으로 갔다. 잠시 후 대문 앞에서 멈추었다. 광이가 앞으로 가서 곁문을 열어주었다. 안에서는 사람이 등을 들고 나와 그를 맞이해주었다.

"도련님, 오늘은 조금 늦으셨네요."

학정이 보니 서무영이었다. 학정은 서무영에게 고개를 끄덕이고 그를 따라 문을 들어섰다. 의문(儀門)[1] 위에는 마구철 유리등이 벽에 박혀 있었다. 서무영은 걸음을 멈추고 학정과 광이를 들여보냈다. 안으로 들어서자 구불구불한 복도가 나타났다. 복도에는 벽에 걸린 등이 길을 밝히고 있었다. 복도 끝이 바로 중앙 응접실이었다. 그곳에는 육칠십 명의 사람들이 빽빽하게 모여 있었다. 그 사이사이에 간식이나 과일을 파는 잡상인들이 다니고 있었다. 그러나 그들은 까마귀와 참새 지저귀는 소리조차 들리지 않을 정도로 구석구석을 조용히 다녔다. 다만 도박을 진행하는 사람들이 '청룡', '백호'라고 외치는 소리만 들려왔다. 이곳은 은화만 사용하는 '현원대(現圓臺)'라는 곳이었다.

학정은 까치발로 한번 둘러보았다. 끗발을 한참 올리고 있는 사람은 혼강룡이었다. 학정은 바로 사람들 사이로 빠져나와 중앙 응접실 뒤로 돌아 나갔다. 문지기는 멀리서 그를 보고 쫓아와 문을 열며 학정과 광이를 안으로 들였다. 이 문은 객실로 통했다. 객실을 담당하는 사람들이 황급히 뛰어 나왔다. 한 사람은 광이를 데리고 다른 곳으로 가서 모시고, 또 한 사람은 학정을 객실로 안내했다. 위쪽에는 길고 높은 계산대가 있는데 주소화가 그 안에 앉아 계산을 하고 있었다. 이곳은 산대를 교환해주는 곳이었다.

학정은 이천 원짜리 수표 한 장을 꺼내 소화에게 주었다. 소화는 액수만큼 산대를 교환해주며 말했다.

"많이 버십시오!"

학정은 웃으며 고개를 끄덕였다. 그런 다음 그 사람은 학정을 옆방의 이 층으로 안내하였다. 이 층에는 방 세 칸이 연결되어 있는데, 높고 널찍한 방은 등불들로 대낮처럼 밝았다. 중앙에는 같은 색깔의 죽포 탁자보를 덮은 탁자 하나가 있었다. 탁자의 사면으로 십여 명만 앉아 있어서 더욱 조용했다.

이때는 수삼이 한참 끗발을 올려서 한 무더기 산대를 땄다. 이학정은 그가 아주 부러웠다. 수삼이 내려오고 교노사가 이어서 올라가 패를 흔들었다. 학정은 사방을 둘러보고 물었다.

"자라는 왜 안 왔어?"

수삼이 말했다.

"돌아갔네. 자라가 가는 바람에 패를 흔들 사람이 부족하다고 말하고 있던 참이었어."

第五十八回
李少爺全傾積世資

학정이 말했다.

"재미없겠는데!"

교노사가 마작의 세 가지 보물인 그릇, 뚜껑, 골패를 보여주었다. 학정은 연필과 외국산 종이를 가져와 탄보(攤譜)[2]를 그렸다. 탄보를 따라 세심하게 신경을 써가며 돈을 걸었으나 맞추지는 못했다. 학정은 더 이상 돈을 걸지 않고 벽쪽 아편침대로 가서 아편을 피웠다. 교노사가 그 뒤를 이었다. 그러나 양류당과 여걸신 두 사람에게 연달아 지는 바람에 하는 수 없이 골패를 도로 집어넣었다.

이학정은 뇌공자를 제외하고 더 큰 판돈을 가진 도박꾼이 없다는 생각이 들자 갑자기 아편침대에서 일어나 태연하고도 대담하게 제일 높은 용머리에 앉아 '장군'을 꺼내라고 하고 그릇에 담고 흔들었다. 처음에는 따는 게 많고 잃는 게 적어서 이천 정도 땄다고 생각했다. 그러나 갑자기 돈주머니가 열리더니 아무리 메꾸어도 역부족이었다.

학정은 속으로 후회가 밀려와 그만둘까 했지만 특별히 이기고 진 것도 없었다고 생각했다. 그런데 갑자기 형세가 바뀌어 골패가 말을 듣지 않아 또 두 번을 졌다.

다른 쪽 도박꾼들은 아무도 잃지 않았고 학정만 오륙천을 잃었다.

학정은 본전을 찾을 생각에 다급해져서 앞뒤도 살피지 않고 흔들어 던졌으나 이번에도 크게 낭패를 보게 되었다. 제일 먼저 교노사가 한곳에 천을 모두 걸고, 수삼이 그를 따라 역시 천을 걸고 두 곳에다 오백을 걸었다. 그다음부터는 삼사백, 칠팔백을 한곳에 몽땅 걸기도 하고 나누어서 걸어 천차만별이었다. 어쨌든 '진보(進寶)'에 대부분 다 걸었다.

학정은 속으로 보이는 게 꼭 '진보'만이겠는가라고 생각하고 웃었다. 뚜껑을 들어 올리자 사람들은 시선을 집중했다. '요(幺)', '이(二)', '사(四)', '육(六)' 이렇게 네 개의 골패가 반듯하게 펼쳐져 있었다. 학정은 눈이 뒤집힐 만큼 화가 치밀어 올라 말조차 나오지 않았다. 옆 사람이 학정 대신 계산을 해보니 모두 만 육천여 원이 필요했다. 학정은 가지고 있는 수표와 열 개 남짓 되는 금덩어리를 합쳐도 만이 조금 더 될 뿐이어서 아주 초조해지고, 어떻게 해야 할지도 감감했다. 교노사가 웃으며 말했다.

"무슨 걱정이야? 지금 빌려서 갚고 내일 돌려주면 되지."

교노사의 한 마디 말에 학정은 정신이 번쩍 뜨였다. 그는 양류당과 여걸신 두 사람에게 담보를 서달라고 부탁하고 수삼에게서 오천을 빌렸다. 바로 그 자리에서 차용증을 써서 사흘 내에 모든 돈을 말끔하게 갚겠다고 했다.

이학정은 아편침대로 가서 누웠다. 생각하면 할수록 화가 났다. 날이 밝기를 기다리지 않고 아래층의 광이를 불러 등불을 켜라고 했다. 그리고 원래 왔던 복도를 지나 옆문을 나와 가마에 올라타고 석로의 장안객잔으로 돌아갔다. 객잔 문을 열고 방으로 들어가 숙부 이실부가 어디에 있는지도 묻지 않고 잠자리에 누웠다. 이튿날 식사를 하고 나서야 광이에게 물었다.

"나리는 어디에 계시냐?"

광이가 웃으며 말했다.

"대흥리에 계시겠죠."

학정은 계획을 짰다. 일전에 실부와 함께 우장유[3]를 담은 광주리 천 개를 사고 실부가 그 보관증을 가지고 있으니 오늘 보관증을 가져가 담보로 하면 급한 불은 끌 수 있을 것이었다. 그래서 광이에게 방을 지키라고 하고 혼자 사마로 대흥리 제십전의 집으로 걸어서 갔다. 문 앞에 빈 가마 한 대가 놓여 있고 가마꾼 세 명이 뜰에 서 있었다. 학정은 조금 당혹스러웠다. 다행히 제삼저가 학정을 알아보고 응접실에서 황급히 그를 맞이하러 나왔다.

"도련님, 오셨어요? 넷째 나리는 여기에 계셔요."

학정은 방으로 들어가며 물었다.

"나리의 가마 아닌가?"

"아니에요. 나리께서 청하신 의사 선생의 가마예요. 두소산이라고 하는데, 이 층에 계셔요. 도련님, 이 층으로 올라가시죠."

학정은 이 층 계단을 올라갔다. 이실부는 아편침대에 비스듬히 누워 있다가 몸을 일으키고 인사를 했다. 제십전은 부끄

諸三姐善撒瞞天謊

러워하며 '도련님' 하고 인사를 했다. 두소산 선생은 책상에 고개를 숙이고 처방전을 쓰는 데 여념이 없었다.

학정은 대충 자리에 앉았다. 실부의 빰 언저리와 이마 모서리에는 부스럼이 많이 나 있고, 아편 소반에 대나무 종이를 쌓아두고 고름을 계속 닦아내고 있었다. 그런데 제십전은 여전히 얼굴이 붉고, 눈 주위가 가뭇하였다. 그러나 부스럼은 없었다.

잠시 후, 두소산은 처방전을 다 쓰고 나서 작별인사를 하고 나갔다. 학정은 그제야 실부에게 보관증이 필요하다고 말했다. 실부는 의아해하며 물었다.

"뭐 하려고 그러냐?"

학정은 당황해하며 대답했다.

"어제 노적이 올해 면화가 재미있다고 해서 좀 살까 합니다."

실부는 그 말을 듣고 냉소를 지었다. 그리고 학정에게 되물으려고 하는데, 이 층으로 올라오는 제삼저의 발소리가 들려왔다. 제삼저가 먹을 걸 잔뜩 쌓은 쟁반을 양손으로 들고 들어왔다. 그녀는 제십전을 불러 받아 내려놓으라고 하였다. 제삼저는 먼저 쟁반에서 찻잔을 꺼내 학정에게 올리고 그다음 단만두 한 접시, 짠만두 한 접시, 케이크 한 접시를 옮기고 다시 빈 접시 하나를 내어 수박씨를 한 움큼 쥐고 담았다. 이렇게 갖추어진 네 가지 간식을 탁자 중간에 가지런히 배치하고 상아 젓가락 두 벌을 각각 마주 놓았다.

실부가 말했다.

"한 마디 상의도 없이 사 왔어?"

제삼저는 대답은 하지 않고 비시시 웃음만 쪼개며 제십전을 힘껏 앞으로 밀었다. 제십전은 마지못해 두어 발자국을 떼며 말했다.

"도련님, 좀 드셔요."

그녀의 목소리가 너무 작아서 학정은 잘 알아듣지 못했다. 제삼저는 더 이상 참지 못하고 직접 다가와서 말했다.

"도련님, 좀 드세요."

그리고 상아 젓가락을 들어 학정의 앞 접시에 간식을 하나하나 덜어 담았다. 학정은 계속 사양했지만 제삼저는 벌써 간식을 담고 수박씨도 올렸다. 실부는 웃으며 학정에게 권했다.

"그냥 편히 들어."

학정은 그들의 정성에 케이크 한쪽을 잘라 먹고 차로 입을 헹궜다. 제삼저는 옆에 있다가 갑자기 무슨 생각이 떠올랐는지 황급히 서랍에서 종이담배 반 갑을 찾아서 한 개피를 꺼내었다. 담배에 불을 붙여 학정에게 올리며 말했다.

"도련님, 피워보셔요."

학정은 손에는 찻잔이 들려 있고 입에는 케이크가 들어 있어 받지도 못하고 피우지도 못해 자기도 모르게 웃음이 나왔다. 제십전은 창피하여 제삼저의 옷깃을 살짝 잡아당겼다. 제삼저는 그제야 물러났다.

실부가 처방전을 제삼저에게 건네주자 제삼저가 물었다.

"다른 말은 없었어요?"

"지금 나아지고 있으니 조심하라는 말뿐이었어."

제삼저는 '아미타불' 하고 염불을 외며 말했다.

"나아졌으니 다행이에요. 제가 얼마나 마음을 졸였는지 몰라요!"

제삼저는 이 말을 하며 학정을 돌아보며 '도련님' 하고 부르고 천천히 말을 꺼내기 시작했다.

"넷째 나리께서 아편을 피우시지만 시골은 상해와 달라서 어느 아편관을 가더라도 불결하답니다. 아마 나리께서 아편을 피우러 가셨다가 자기도 모르게 잠이 들어 독에 오른 모양이에요. 나리께서 막 오셨을 때 얼마나 끔찍하던지, 글쎄 얼굴이 온통 엉망이었어요! 그래서 제가 '넷째 나리, 도대체 어디에 가셨던 거예요?'라고 물어도, 넷째 나리께서는 대수롭지 않게 여기셨던지 자신이 어디에 갔는지도 모르시더군요. 저와 십전은 밤낮으로 넷째 나리 병간호하느라 잠도 자지 못했어요. 다행히도 의사 선생이 약을 몇 첩 지어줘서 조금 나아졌어요. 안 그랬으면 더 심해졌을 것이고 저와 십전이 계속 병간호하다 만에 하나 우리들도 한꺼번에 옮았으면 아휴, 정말이지 죽었을 거예요. 도련님도 그렇게 생각하시지요?"

학정은 그녀가 이 말을 잘도 입 밖에 낸다고 속으로 생각하며 제십전을 넌지시 훑어보았다. 제삼저가 또 말했다.

"큰도련님, 아시겠어요? 남들은 잘 모르면서 우리에게 누명을 씌우는 말을 하니까 정말 화가 나요! 글쎄, 넷째 나리의 이 부스럼을 우리가 옮겼다는 겁니다. 여기는 십전과 저뿐이고, 우리 두 사람은 청결하고 깔끔해요. 어디 부스럼이 났나요? 십전에게 났다면, 넷째 나리 두 눈은 삐었답니까?"

이 말을 하며 제십전을 학정의 눈앞으로 끌고 와서 얼굴을 가리키며 말했다.

"자, 보세요. 넷째 나리 얼굴이 우리 십전과 비슷하기라도 하나요?"

그리고 또 제십전의 양쪽 어깨를 잡고 학정에게 앞뒤로 보여주며 말했다.

"요만큼의 흔적도 없어요."

제십전은 부끄러워서 빠져나와 한쪽으로 피했다.

학정은 한마디도 하지 않았으나, 이 제삼저는 정말이지 늙은 여우여서 만약 실부가 우둔하게 행동했다간 앞으로 손실이 막대하겠다고 속으로 생각했다. 그때 실부가 제삼저에게 성을 냈다.

"다른 사람들 말을 왜 듣고 있어. 내가 아무 말 하지 않았으면 그만이야."

제삼저가 웃으며 말했다.

"넷째 나리께서야 당연히 탓하지 않으셨죠. 넷째 나리께서 만약에 우리를 탓하시면 우리는 어떻게…."

제삼저는 말을 꺼내다 말고 웃으며 아래층으로 내려갔다. 실부는 학정에게 웃으며 말했다.

"너도 괜한 생각 짜내지 말거라. 네 돈 가져가서 잃는 거야 내가 상관할 바 아니야. 지금 나한테서 보관증을 가져갔다가 만에 하나 다 잃기라도 하면 내가 집으로 돌아가서 어떻게 설명하겠어?"

학정은 불쾌하여 가만히 있었다. 실부가 말했다.

"보관증은 작은 가죽 가방에 있다. 원하면 네가 직접 가지고 가. 내가 건네주고 싶지는 않구나."

학정은 잠시 중얼거리다 일어났다. 실부가 물었다.

"열쇠가 필요하지?"

학정은 울컥하여 필요 없다고 했다. 아래층에서 제삼저가 붙잡았다.

"큰도련님, 잠깐만요."

학정은 무시하고 대흥리를 얼른 빠져나와 장안객잔으로 돌아갔다. 그는 속으로 생각했다.

'숙부는 아무리 해명하기 싫어도 그렇지 나에게 직접 가져가라고 하다니, 내가 훔쳐갔다고 말할 작정인가? 꽉 막히고 인색한 자린고비 같으니까 제삼저에게 농간당하고 노리개로 이용되지. 지금부터는 더 이상 간여하지 않을 테다. 그런데 수삼에게 진 빚은 어떻게 한담?'

이런저런 궁리를 찾다가 하는 수 없이 방 계약서 두 장을 가지고 가마를 타고 중화리 주공관으로 가서 탕소암을 만났다. 학정은 계약서를 저당 잡혀 탕소암에게 만 원을 빌려달라고 부탁했다. 탕소암은 알겠다며 저녁에 양원원의 집에서 만나자고 약속했다. 이학정은 먼저 가마를 타고 가서 기다렸다.

탕소암은 그를 보내고 나서 주애인이 갖고 있는 것으로는 한계가 있으니 필시 나자부와 의논해야겠다고 생각했다. 그래서 즉시 조부리 황취봉의 집을 방문하였다. 나자부는 이 층 방에서 그를 맞이했다. 마침 황이저가 자리에 앉아 있다가 '탕나리' 하며 인사를 했다. 탕소암은 고개를 끄덕이며 황이저에게 말했다.

"오랜만이네. 장사는 잘 되는가?"

"아니요. 이전과 비교하면 영 시원찮아요."

황취봉은 냉소를 지으며 말을 끊었다.

"그러면 장사를 하지 말아야지. 무슨 장사를 한다고 그래요!"

탕소암은 그 말의 의미를 몰라 그냥 제쳐두고, 소매 속에서 방 계약서를 꺼내 나자부에 보여주었다. 그리고 이학정이 이 계약서로 돈을 빌리려고 한다고 이야기해주었다. 자부는 탕소암이 신용이 있는 사람이라 흔쾌히 승낙을 하고 탕소암과 함께 환어음을 만들려고 전장(錢莊)으로 갔다.

황이저는 나자부와 탕소암이 나가고 방 안에 아무도 없자 황취봉에게 말했다.

"그저께 사람을 하나 봤는데, 괜찮아. 그래서 데려올까 생각했어. 근데 처음이어서 일을 못할 거야. 연말 명절 동안 적어도 삼사백은 있어야 하는데, 정말이지 걱정이야."

취봉은 고개를 숙이고 아무 말도 하지 않았다. 황이저가 말했다.

"네가 생각 좀 해줘 봐. 동업자를 들일까? 아니면 이 층 방을 세줄까?"

취봉은 여전히 고개를 숙이고 생각에 잠긴 듯했다. 황이저는 그녀의 표정을 살피고, 염치도 없이 애원했다.

"고마워. 무슨 말이든 나는 네 말대로 할게. 만약에 기루가 조금이라도 잘되면 나도 잊지 않을 거야. 은혜 갚을 테니까 대신 묘안을 좀 생각해줘 봐."

취봉이 입을 열었다.

"엄마는 정말 욕심이 끝이 없어요. 지금 묘안이 없다고 말할 건 아니지만, 설령 엄마에게 묘안을 알려줘서 삼사백을 벌어들인다고 해도 엄마는 그래도 적다고 불평할걸요!"

황이저는 변명거리가 없어 대충 둘러댔다.

"그럴 일은 없을 거야. 벌 수만 있으면 더 이상 좋을 수 없지. 적게 벌었다고 불평할 그런 사람이 어디에 있어!"

취봉은 또 고개를 숙이고 한참 말 없이 가만히 있었다. 황이저도 현명하게 옆에서 조용히 기다렸다. 취봉은 갑자기 눈을 번쩍 뜨며 황이저를 보고 가까이 오라고 손짓하며 귀에 대고 속삭였다. 황이저는 허리를 숙여 집중해서 들었다. 한참 지나서야 취봉은 말을 끝냈다. 황이저도 모두 알아들었다.

상의가 끝나자 그때 마침 나자부가 돌아왔다. 손에는 저당 계약서를 들고서 황취봉에게 보관하라고 주었다. 황이저는 침대 뒤쪽으로 따라가 취봉을 도와 가죽 상자 덮개를 들고 있었다. 그런데 의아스러워하며 물었다.

"나 나리 문갑이 두 개였어?"

취봉이 말했다.

"하나는 내 거예요. 속신 문서를 넣어뒀어요."

자부는 겹겹이 열쇠로 잠그는 소리를 들었다. 황이저는 작별인사를 하고 갔다.

취봉은 '흥' 콧방귀를 뀌며 자부에게 말했다.

"내가 진작 알아챘지. 나에게 돈 빌리려고 온 거잖아요."

자부는 의심스러운 듯이 말했다.

"황이저가 또 돈을 빌리려고 했어?"

"그 사람이야 상식이 있긴 한가요. 두 달이 못 돼서 천 원을 다 썼잖아요."

자부는 귀에 부는 바람마냥 그냥 흘려 넘겼다.

이틀 뒤, 황이저가 다시 와서 계속 취봉에게 애원했다. 취봉은 이를 악물고 한 푼도 주지도 않았다. 황이저가 닷새 동안 내리 찾아와서 귀찮게 했지만 취봉은 아예 무시했다. 그러자 황이저는 소란을 피웠다.

자부는 차마 가만히 보고 있을 수만 없어 그들 사이를 중재하려고 나섰다. 그런데 뜻밖에 황이저는 한번에 오백을 빌려달라고 했다. 자부가 액수를 조금 낮추자고 하자 황이저는 취봉에게 잘 해주었던 지난 일들을 하나하나 늘어놓으며 말했다.

"지금 기루가 잘되고 있으니까 저를 완전히 잊은 거지요! 저는 절대 그렇게 하지 않아요. 속신을 해도 제 딸이에요. 설마 외국으로 도망가기야 하겠어요!"

자부는 더 이상 그녀를 당해낼 수 없어 이 말을 취봉에게 전해주었다. 취봉은 웃으며 말했다.

"나한테 속신 문서가 있는데, 왜 엄마를 무서워하겠어. 마음대로 하라고 그래."

---

1 저택의 두 번째 정문

2 도박판 그림

3 牛莊油 : 동북지역 콩기름

59

문서를 쥐고서 연환계를 차용하고, 이름을 떨치려고 화답시를 구걸하다

攫文書借用連環計 掙名氣央題和韻詩

초하루 오후, 황이저는 황취봉의 집으로 와서 소란을 피우려고 하였다. 그러나 황취봉은 남자 하인에게 가죽덮개 마차 두 대를 부르게 하고 황이저를 방 안에 혼자 내버려두고 나자부와 명원으로 나들이를 나가버렸다. 취봉은 명원에서 차를 마시면서도 여전히 냉소를 지으며 말했다.

"속신 문서가 내 손안에 있는데, 더 이상 어쩌겠어요!"

"자네 여자 하인에게 엄마를 모시라고 했어야 했어."

취봉이 목을 획 돌리며 말했다.

"기다리라고 해요! 뭘 모셔요!"

"그러면 안 돼."

"뭐가 안 돼요? 설마 가구를 훔쳐가겠어요?"

"가구야 아니겠지만, 속신 문서가 가죽 상자에 있는 걸 알고 있으니까 훔쳐갈 수도 있잖아."

취봉은 이 말에, 순간 눈이 휘둥그레지며 소리를 질렀다.

"아! 안 되지!"

옆에 있던 조가모도 순간 멍해져서 말을 이었다.

"그건 절대 안 되죠! 얼른 돌아가요."

자부는 취봉을 먼저 보내려고 하였다. 그러자 취봉이 말했다.

"당신도 함께 돌아가야죠! 만약에 훔쳐갔다면 저를 위해서라도 어떻게 해야 하는지 의견을 주셔야죠."

세 사람은 각각 원래 타고 왔던 마차를 타고 부리나케 집으로 돌아왔다. 집 안에 들어서자마자 취봉이 먼저 물었다.

"엄마 이 층에 계셔?"

남자 하인이 말했다.

"방금 전에 돌아갔습니다."

취봉은 허둥지둥 이 층 방으로 뛰어올라 가 가구와 장식품들을 훑어보았다. 다행히 그대로였다. 다시 침대 뒤쪽으로 가서 보았다. 그러자 정말 깜짝 놀라고 말았다. 취봉은 발을 동동 구르며 소리를 질렀다.

"이젠 끝났어!"

자부가 뒤따라 뛰어와서 보니, 가죽 상자의 돌쩌귀가 땅에 떨어져 있었다. 덮개를 열어보니, 상자 안에는 딸랑 문갑 하나만 있었다. 취봉은 속이 타 들어가서 발을 구르며 통곡하고 또 욕을 퍼부으며, 죽기 살기로 황이저에게 달려가려고 했다. 자부와 조가모는 취봉을 말리며 자리에 앉히고 천천히 상의를 하였다. 취봉이 말했다.

"상의는 무슨 상의! 엄마는 내 목숨을 원한다구요! 내가 죽어버리면 좋겠지!"

자부가 말했다.

"우선 내 문갑이나 안전한 곳에 두고 나서 말하자."

취봉은 다시 가죽 상자 속의 그 문갑을 꺼내 와 다른 곳에 넣다가 깜짝 놀라며 소리를 질렀다.

"아, 내 문갑이야!"

이제야 상황을 파악하고 말했다.

"휴, 잘못 가져갔어. 나리 문갑을 가져갔네."

그리고 깔깔 웃었다. 자부는 그 말을 듣고 당황해하며 물었다.

"그럼, 내 문갑은 어디에 있어?"

취봉은 그 문갑을 들고 자부에게 보여주고 낄낄 소리 내며 웃었다.

"엄마가 잘못 가져갔어요. 당신 문갑을 가져가고, 내 문갑은 여기에 있어요!"

자부의 얼굴색이 흙빛으로 변하였다. 그리고 그는 다리를 치며 말했다.

"정말 이건 안 되지!"

"당신 문갑은 괜찮아요. 가져가서 쓸 데도 없어요. 설마 돈으로 바꾸기야 하겠어요? 그러려고 해도 어디서 바꾸는지도 몰라요."

자부는 멍하게 앉아 생각만 했다. 취봉은 조가모를 불러 분부를 내렸다.

"엄마한테 가서 그건 나 나리 문갑인데, 뭐 하러 가져갔는지 물어봐. 그리고 지금 나 나리께서 필요해서 기다리니까 도로 갖다놓으라고 해."

조가모는 대답을 하고 나갔다. 자부는 계속 불안하고 마음이 놓이지 않았다. 그런데 취봉은 황이저가 그것을 가지고 있을 이유가 없다고 확신했다.

잠시 후, 조가모가 돌아왔다. 그녀는 자부를 보며 손뼉을 치고 웃고 나서 다시 말했다.

"정말 웃겨요, 글쎄 잘못 가져갔다는 걸 모르고 죽어라 좋아하고 있더군요. 제가 나 나리 문갑이라고 하니까 그때서야 알아채고 넋이 나간 듯 한 마디도 못하는 거예요. 제가 깔깔 웃고 있으니 저더러 가져가라고 하길래 저와는 상관없다고 그냥 왔어요."

자부는 하마터면 자빠질 뻔했다.

"아니, 왜 안 가져왔어?"

"그쪽에서 가져갔으니, 직접 가져와야죠."

취봉이 끼어들었다.

"괜찮아요, 조금 있으면 분명 가져올 거예요."

자부는 마치 뜨거운 솥 위의 개미마냥 앉지도 서지도 못하고 조마조마했다. 취봉은 이렇게 마음을 졸이는 자부를 보고, 조가모에게 얼른 가져오라고 재촉하려 하였다. 자부는 말리며 고승을 불러서 황이저에게서 문갑을 가져오라고 하며 이 말을 덧붙였다.

"다른 말은 하지 말고, 내가 일이 있어서 문갑이 필요하니 빨리 돌려달라고 전해."

고승은 명령을 받들고 상인리 황이저의 집으로 갔다. 황이저는 고승이 온 것을 보고 만면에 웃음을 띠고 뒤쪽 작은 방으로 청했다. 고승은 주인의 말을 그대로 전하고 당장 그 문갑을 달라고 했다. 그러자 황이저가 말했다.

"문갑은 여기에 있네. 그런데 나 나리께 할 말이 있어. 너무 조급하게 굴지 말고, 잠깐 앉으시게나."

고승은 하는 수 없이 자리에 앉았다. 황이저는 차를 내오라고 하고 정색을 하며 말했다.

"자네 마침 잘 왔어. 나 할 말이 많으니까 나 나리께 잘 전해줘. 취봉이 여기에 있을 땐 장사가 정말 잘됐지. 그런데 내가 지출을 많이 하다 보니까 돈이 많이 남진 않았어. 취봉이 속신하고 나서 사정이 더 나빠졌어. 장사가 전혀 안 돼. 그런데 지출을 줄일 수 없다 보니 몸값 천 원은 어느새 다 쓰고 없어. 지금 뾰족한 수가 없어서 취봉과 상의해서 몇백 원이라도 빌리려고 찾아갔었어. 그런데 취봉이 안 빌려줄지 어떻게 알았겠나. 몇 번을 찾아가서 부탁했지만, 나에게 절대 줄 수 없다는 거야. 이런 생각이 들더라고. '취봉이, 네가 어렸을 때 머리를 빗겨주고 발을 싸매준 사람도 나였고, 지금까지 화장도 내가 해줬어. 항상 너를 내 친딸로 여겼는데 네가 이렇게까지 양심이 없어! 내가 처음으로 부탁했는데, 넌 요만큼도 인정머리라곤 없이.' 그러니 내가 화가 안 나겠어! 그럼 나도 오늘은 말하지 말고 작심하고 속신 문서를 가져와 괴롭혀주려고 생각했지. 속신 문서로 그 애에게 나와 함께 일하자고 하는 거야. 만약에 다시 속신하려고 하면, 그때는 꼭 만 원은 받으려고 했지. 그런데 잘못 가져와 버렸어. 속신 문서가 아니라, 나 나리 문갑을 가져와 버린 거야. 나 나리는 정말 좋은 분이셔. 장사도 많이 도와주셨고 소소하게 십 원이면 십 원, 이십 원이면 이십 원 나에게 빌려도 주셨지. 나는 취봉처럼 양심이 없진 않아. 늘 나 나리 은혜를 생각하고 있거든. 방금 나 나리 문갑이라는 걸 알고 얼른 돌려주려고 했어. 그런데 다시 곰곰이 생각해보니, 취봉과 나 나리는 한 사람이나 마찬가지잖아. 나 나리 문갑이 취봉의 문갑이라는 거지. 나는 취봉에게 정말 화가 났고 그래서 나리의 문갑 값으로 취봉에게 만 원을 가져오라고 할 거야. 취봉이 돈을 가져오면 나리에게 돌려줄 생각이야. 자네는 나리께 걱정하지 말라고 전해줘."

고승은 일장연설을 듣고 혀를 내두르며 한 마디 대꾸도 못 하고 조부리로 돌아가서 세세하게 전했다. 취봉은 이 말을 듣다 말고 벌떡 일어나며 소리를 질렀다.

"무슨 말이야! 방귀도 이렇게 뀌지는 않지!"

자부도 화가 나서 손발이 벌벌 떨려 탑상에 널브러져서 아무 말도 하지 못했다.

취봉은 멍하니 있다가 갑자기 일어나며 '내가 갈게' 하고 아래층으로 내려가려고 했다. 그런데 자부가 붙잡으며 물었다.

"네가 왜 가?"

"내 목숨을 원하고 있는지 물어봐야죠!"

자부는 얼른 몸을 일으키며 말렸다.

"천천히 해. 네가 가서 무슨 말을 한다고 그래. 내가 가서 무슨 말을 하는지 들어볼게. 그쪽 뜻대로 해도 몇백 원 빌려주는 것밖에 더 하겠어."

취봉은 이를 부득부득 갈며 나무랐다.

"당신은 제가 열 받아 죽는 걸 보고 싶어서 또 돈을 빌려주겠다는 거예요?"

자부는 바로 고승에게 가마를 대령하라고 했다. 소아보는 그를 맞이하며 이전에 취봉이 지내던 이 층 방으로 청했다. 황금봉과 황주봉은 동시에 '형부' 하며 인사를 올렸다.

"형부, 정말 오랜만이셔요."

"엄마는?"

소아보가 말했다.

"곧 오실 거예요."

이 말을 마치기도 전에 황이저는 히죽거리며 주렴을 걷어 올리며 방으로 들어왔다. 그녀는 자부 가까이 다가와서 넙죽 몸을 굽히고 고개를 숙이며 말했다.

"나 나리, 화내지 마셔요. 제가 나리께 이렇게 고개 숙여 여러 가지로 사과를 드립니다. 나리의 문갑은 취봉이 가지고 있을 때처럼 그대로 잘 있어요. 나리께서 지금까지 저에게 얼마나 잘 해줬는데 문갑에 든 중요한 물건을 함부로 만져서 나리를 난처하게 하겠어요. 나 나리, 아예 신경 끄세요. 설마 취봉이 되찾을 게 없는 건 아니겠죠. 취봉이 열이 받을 대로 받아서 찾아오면 그때 이야기를 잘 해야죠. 취봉은요, 웬만큼 열 받지 않으면 만 원은 어림도 없어요."

자부는 이런 엉터리 같은 말을 듣고 화가 났지만 참으며 물었다.

"쓸데없는 말은 집어치우게. 도대체 얼마를 빌리려는지 말해보게."

황이저가 웃으며 말했다.

"나 나리, 쓸데없는 말이 아니에요. 처음에는 몇백 만 빌리려고 했는데, 지금은 몇백 때문에 하는 말이 아니지요. 취봉은 양심이 없어요. 나중에 다시 돈이 떨어지면 취봉은 빌려주지도

攫文書
借用連環計
海上花列傳
第五十九回
十五

않을 거고, 저도 다시 취봉에게 빌릴 낯짝도 없어요. 지금 나리의 문갑이 여기에 있으니 그 애에게 뜯어낼 수 있을 만큼 뜯어내야죠! 만 원이 많다고는 할 수 없죠. 그저께 탕 나리가 가져온 계약서도 만 원은 되잖아요?"

"그러면 나한테서 뜯어내는 것이지! 취봉한테서가 아니라!"

황이저는 황급히 말했다.

"아닙니다. 취봉한테 만 원이 어디 있어요? 당연히 나리께 빌리겠죠. 나리의 명절 장부가 천이 넘을 것이고, 그러면 삼 년 못 돼서 깨끗하게 청산이 되잖아요. 안 그래요, 나리?"

자부는 뭐라고 대답할 수도 없어 냉소만 짓고 나갔다. 황이저는 배웅해주며 또 말했다.

"여러 가지로 나리께 면목이 없어요. 모두 장사가 안 되고, 돈을 다 써버렸으니 어쩔 수 없어요. 이러나저러나 굶어 죽는데 난처할 게 뭐가 있어요? 만약 취봉이 다시 저에게 매몰차게 나오면 아예 불을 질러버릴 겁니다. 그 애가 나리께 낯짝을 들 수 있을지 보세요!"

자부는 못 들은 체하고 가마를 타고 돌아갔다. 취봉은 그를 맞으며 어떻게 됐는지 물었다. 자부는 한숨을 짓고 고개를 저었다. 다그치며 묻자 자부는 그제야 대충 말해주었다. 취봉은 천둥이 내리치는 것처럼 팔짝 뛰어오르며 가위를 집어 들고 황이저 앞에서 죽겠다고 했다. 자부는 묘안이 없어 그냥 내버려두었다.

취봉은 아래층으로 뛰어 내려갔다. 그때 조가모와 마주치는 바람에 가위를 빼앗기고, 조가모가 그녀를 말리며 이 층으로 안고 올라왔다. 취봉은 발버둥을 치며 말했다.

"내가 죽겠다는데 왜 다들 그 사람 도와주려고 하고, 날 못 가게 해?"

조가모는 취봉을 교의에 앉히며 완곡하게 타일렀다.

"선생님, 선생이 죽는다고 해도 소용없잖아요. 선생이 죽을 생각 하면, 그쪽에서도 죽으려고 달려들어요. 정말 문갑을 불태워버리면 그때 나리께서 보는 손해는 몇 만은 될 겁니다."

자부는 이 말을 듣고 취봉을 말렸다. 취봉은 저녁도 먹지 않고 화가 풀리지 않은 채로 밤을 지새웠다. 자부도 밤새도록 화가 나서 뜬눈으로 지새웠다. 이른 아침 중화리 주공관으로 가서 탕소암을 찾아 이 일을 어떻게 할지 상의했다. 소암이 말했다.

"취봉의 몸값이 천인데, 지금 만을 빌리겠다는 것은 명백한 사기야. 그렇다고 고소를 하는 것도 마땅치 않아. 첫째는 자네가 기녀와 놀아난 것이 우선 잘못이고, 둘째는 훔쳐갔다는 증거를 찾을 수 없는데 어떻게 그 죄를 증명하겠나? 셋째는 발뺌하려고 문갑을 다 태워 증거를 없애는 일은 막아야지. 문갑 속에 있는 공문서나 개인 문서들을 다시 만들어 넣으려면 비용도 만만치 않지만 아주 번거롭기 짝이 없어."

자부는 아무리 생각해보아도 묘안이 나오지 않아 탕소암에게 중간에서 말을 해달라고 부탁하자, 소암이 그러겠다고 대답했다. 자부는 사무를 보러 관청으로 갔다. 저녁 즈음에서야 공무를 끝내고 조부리 황취봉의 집에 도착했다.

가마에서 내려 문을 들어서자 객실에 혼자 앉아 있는 문군옥이 보였다. 문군옥은 '나 나리' 하며 인사를 했다. 자부는 걸음을 멈추고 웃음을 띠며 고개를 끄덕였다. 군옥이 말했다.

"혹시 신문 보셨어요?"

자부는 깜짝 놀라며 급히 물었다.

"신문에 뭐가 실렸나?"

"손님 친구라고 하던데, 이름이 뭐였더라? 발음하기가 정말 어려웠어요!"

그리고 생각에 잠겼다. 그러자 자부가 말했다.

"이름은 됐고, 손님 친구가 왜?"

"아무것도 아니에요. 시 두 수를 지어서 저에게 보내줬는데, 신문에 실렸대요."

자부는 '큭' 하고 웃으며 말했다.

"나는 몰라."

그리고 고개도 돌리지 않고 이 층으로 올라갔다. 문군옥은 멋쩍어하며 하인에게 고개를 돌리며 말했다.

"내가 방금 너에게 말한 '상해의 속인(俗人)'[1]은 바로 나 나리처럼 저속한 사람을 말하는 거야. 이름만 손님이지, 시를 짓는 것도 이해하지 못하니, 참 정말!"

하인이 말했다.

"이제야 알겠어요! 선생이 말한 상해 손님이 바로 '숙인(熟人)'[2]이어서 깜짝 놀랐어요. 선생 일이 너무 많아서 하루 종일 나가고 들어오고. 그렇게 바쁘면 대문 문턱이 닳아 없어질걸요. 낯선 사람을 잘 아는 사람이라고 말할 줄은 몰랐어요."

군옥이 말했다.

"쓸데없이 말을 걸고넘어지는구나. 내가 말한 숙인은 그게 아니고, 시를 지을 수 있으면 속되지 않다는 거야."

하인이 말했다.

"선생님, 그만하셔요. 상해에서 사(絲)와 차(茶)[3]는 큰 사업이에요. 쓰레기 다리[4]를 넘어가면 호주 비단 객잔이 많아요. 비단 장사를 해야 최고 손님이에요. 선생이 잘 알고 있으니 아시겠죠."

군옥은 웃으면서 한숨을 지었다. 다시 말을 하려는데 하인이 말했다.

"지금 정말로 숙인이 오십니다."

군옥이 고개를 들고 보니, 방봉호였다. 그를 보자마자 일렀다.

"당신을 '속인'이라고 하니까 정말 화나요!"

봉래는 오른쪽 서재로 들어가며 말했다.

"화가 나는 것은 괜찮아. 그들과 말을 섞다가 그들 속기에 물들지 말게."

군옥은 손뼉을 치며 깨우친 듯이 말했다.

"아, 맞는 말씀이세요. 다행히 당신이 절 깨우쳐주셨군요!"

봉호는 자리에 앉아 소매에서 신문을 한 장 꺼내 들며 말했다.

"홍두사인(紅豆詞人)이 자네에게 보낸 시인데, 감상해봤는가?"

"아직요, 보여줘 봐요."

봉호는 신문을 펼치고 군옥에게 손으로 짚어가며 보여주었다. 군옥이 말했다.

"뭐라고 하는 거예요? 설명해줘요."

봉호는 안경을 쓰며 그 시를 읽어주고 해석해주었다. 그러자 군옥은 아주 기뻐했다. 봉호가 말했다.

"자네가 그 사람에게 화답시를 보내줘야 하네. 대신 수정해줄게. 제목은 '답홍두사인즉용원운(答紅豆詞人卽用原韻, 홍두사인의 시 '원'운을 이용하여 화답하며)' 아홉 자 어때?"

"칠언율시 가운데 네 구는 제가 못 하니까 당신이 대신 해줘요."

"그건 시간이 많이 걸려! 내일은 상해 시단에 모임이 있는 날인데 어디 시간이 나야 말이야."

"부탁할게요. 마음대로 짓고 싶은 대로 해줘요."

봉호는 정색을 하며 말했다.

"자네 무슨 말을 하는가! 시를 짓는 것은 중요한 일인데 마

和韻詩

음대로 지으라니.”

군옥은 황급히 사죄를 했다. 봉호가 또 말했다.

“그러나 내가 대신 짓는다면 좀 쉽게 지어야 할 거야. 너무 고심해서 짓는다면 자네가 지은 시 같지 않아서 그들도 자네가 쓴 시라고 믿지 않겠지.”

군옥 역시 동의했다. 봉호는 눈을 감고 고개를 움직였다. 입으로는 쉴 새 없이 중얼거렸다. 그러다 갑자기 손가락을 하나 들어 올려 대리석 탁자 위를 몇 번이나 적어보고 그려보며 미간을 찌푸리며 말했다.

“그가 사용한 운은 생각보다 쉽지 않아. 금방 나올 수 없겠는걸. 가지고 갔다가 잘된 시구를 줄게.”

“저녁은 여기서 드세요.”

“됐네.”

군옥은 다시 반드시 비밀로 해야 한다며 당부하고 작별인사를 했다.

봉호는 조부리를 걸어 나오며 내내 혼자 중얼중얼 시구를 다듬고 있는데, 갑자기 저쪽에서 비껴 걸어오는 한 아주머니와 마주쳤다. 그 아주머니가 봉호의 팔을 잡으며 물었다.

“방 나리, 어디 가십니까?”

봉호가 깜짝 놀라 눈을 끔뻑이며 자세히 보았다. 어렴풋하게 조계림의 아주머니로 보였다. 계림이 그녀를 ‘외할머니’라고 불러서 봉호도 대충 그녀 따라 ‘외할머니’라고 불렀다. 외할머니가 말했다.

“방 나리, 저희 집에는 왜 오지 않으셔요? 같이 가셔요.”

“지금은 시간이 없어. 내일 가겠네.”

“내일은 무슨! 우리 아가씨가 나리를 얼마나 그리워하는데, 몇 번을 초대해도 안 오셨잖아요!”

그녀는 다짜고짜 봉호를 동경리 쪽으로 끌고 들어가서 상인리 조계림의 집으로 데리고 갔다. 조계림은 그를 맞이하고 방으로 안내하며 ‘방 나리’ 하며 인사를 올리고 말했다.

“그런데 저희가 나리께 소홀했나요? 그래서 한 번도 안 오셨어요?”

봉호는 미소를 지으며 자리에 앉았다. 외할머니는 히죽이며 말을 걸었다.

“방 나리, 지난 명절에 호중천에서 불러주시고 나서는 오지 않으셨어요. 두 달을 넘긴 건 너무하세요.”

계림이 말을 이어받았다.

“문군옥에게 푹 빠졌는데, 여기까지 생각하겠어.”

봉호는 황급하게 호통을 치며 말을 막았다.

“쓸데없는 소리! 문군옥은 여제자야. 얼마나 예의 바른 사람인데, 모욕하려고 그래. 어떻게 이럴 수 있느냐!”

계림은 ‘흥’ 콧방귀를 뀌며 더 이상 말하지 않았다. 외할머니는 물담배를 채워주면서 작은 소리로 말했다.

“우리 아가씨 일, 방 나리께는 속일 수가 없군요. 지난 명절은 나리께서 돌봐주셔서 그럭저럭 지냈지만 요즘은 나리께서도 안 오시고, 요 며칠은 아예 외출도 없었어요. 아래층 양원원 쪽에서는 마작에 술자리에 시끌벅적한데, 우리 이 층은 냉수를 끼얹은 듯 썰렁하니 체면이 말이 아니에요."

봉호는 말을 중간에서 자르며 말했다.

"마작과 술자리만 있다는 것은 아주 속된 거야! 내가 지난번 계림을 위해 신문에 글을 실었었지. 천하의 열여덟 개 성에 사는 사람들 중에 안 본 사람이 없을걸? 그래야 상해에 조계림이 있다는 걸 알게 되니, 마작이나 술자리와는 비교할 수 없지."

외할머니는 그의 말투를 따라 말을 이었다.

"방 나리, 이전처럼 우리 아가씨 보살펴주세요. 계속 문군옥에게 가시면서 우리 쪽에 오셔도 좋잖아요? 양쪽에서 술자리를 가지고 마작을 하셔도 저희가 최선을 다해서 마음 맞춰드릴게요."

봉호가 말했다.

"마작이나 술자리가 뭐 그리 대단하다고? 모레까지 다시 그쪽에 시 지어줘야 돼."

외할머니가 말했다.

"방 나리, 나리께는 대단한 게 아니지만 저희들에게는 마작과 술자리가 좋아요. 나리께서 고생스럽게 뭘 지어줘도 그쪽에게는 쓸모없어요. 마작이나 술자리 아니면 술접대가 있어서 불러주는 게 좋지요."

봉호는 '허허' 하고 냉소를 지으며 말했다.

"아주 속되구나!"

외할머니는 꽉 막혀 있는 봉호에 더는 본론에 들어가지도 못하고 조계림을 보며 그들만 알아듣는 속어로 한마디 했다. 계림은 가만히 고개만 끄덕이고 봉호는 전혀 이해하지 못했다. 외할머니가 물담배를 채우자 계림은 봉호에게 요리를 주문해서 식사를 하자고 했다. 봉호는 극구 사양하였으나 뜻대로 되지 않아 요리를 주문하지 말고 훈제품 몇 가지만 사 오라고 했다. 외할머니는 남자하인에게 사 오라고 하고 직접 준비한 요리를 올렸다.

---

1 속인(俗人) : 저속한 사람. 속된 사람

2 숙인(熟人) : 잘 아는 사람. 오어(吳語)로 숙(熟)과 속(俗)의 발음이 같다.[장]

3 시(絲)와 시(詩)가 오어로 동음이다. 호주산 비단은 상해로 운반되는데, 비단 상인은 퇴잔(堆棧)에서 지냈고 당시 객잔보다 안락했다.[장]

4 현재 상해의 서장로교(西藏路桥)에 해당된다. 1897년도에 만들어졌다. 당시 조계지의 생활 쓰레기가 다리 근처 항구에서 외부로 수송되었기 때문에 붙여진 이름이다.

60

늙은이는 아내를 얻어 아편 놀에 빠지고, 간수하는 자신이 도적질하여 구름 속으로 종적을 감추다

老夫得妻煙霞有癖 監守自盜雲水無蹤

방봉호와 조계림 두 사람이 저녁을 끝내자, 외할머니는 정리를 하고 내려갔다. 잠시 후, 봉호는 작별인사를 하고 가려고 하였다. 계림이 그를 붙잡았지만 헛수고였다. 그녀는 문 입구까지 배웅하며 큰 소리로 '외할머니, 방 나리 가셔요.'라고 소리쳤다.

외할머니는 그 소리를 듣고 급히 쫓아 올라와서 붙잡았다.

"방 나리, 천천히 가셔요. 긴히 드릴 말씀이 있어요."

봉호는 걸음을 멈추고 물었다.

"무슨 말을?"

외할머니는 귀에 대고 말했다.

"방 나리, 문군옥에게 가지 말아요. 이곳도 똑같아요. 제가 중매를 서려고 하는데, 어때요?"

봉호는 갑작스런 그 말에 놀라면서도 한편 기쁘기도 하였다. 심장이 두근거리고 몸이 거의 마비되어 움직일 수 없었다. 외할머니는 봉호가 결정하지 못하고 주저하는 것을 보고 다시 귀에 대고 속삭였다.

"방 나리, 나리께서는 단골손님이시니 문제될 게 없어요. 한 번 부르는 비용만 주시면 되고 지출도 많지 않을 테니 안심하세요."

봉호는 입가에 웃음을 머금고 아무 말 하지 않았다. 외할머니는 그의 속을 헤아리고 다시 이 층 방으로 끌고 데려갔다. 계림은 일부러 묻는 척했다.

"왜 그렇게 급히 서둘러서 가려고 하셨어요? 문군옥이 생각났던 거예요?"

외할머니가 말을 가로채서 대답했다.

"그러셨겠죠. 그런데 지금은 못 가셔요!"

계림이 말했다.

"문군옥이 부르면 조심하셔요! 내일 가시면 분명 얻어맞을걸요."

"설마 그럴까! 설마!"

봉호는 연달아 말했다. 외할머니는 아무 일이 없어 나갔다. 계림이 아편을 채워 건네주자 봉호는 고개를 저으며 말했다.

"못 해."

그러자 계림이 피웠다. 봉호가 물었다.

"얼마나 중독된 거야?"

"재미삼아 피워요. 한두 번으로 중독되나요."

"아편하는 사람들이야 재미로 피우다 중독되지. 어쨌든 아편은 피우지 않는 게 좋아."

"중독되면 장사는 어떻게 해요?"

봉호가 계림의 처지를 물어보자 계림도 봉호에게 처지를 물었다. 공교롭게도 한쪽은 부모, 형제자매가 없고, 한쪽은 처자식이 없었다. 오래 함께한 부부처럼 두 사람은 서로의 처지를 동정하게 되었다.

"우리 아버지도 기루를 하셨어요. 제가 어린 기녀일 때는 의상이며 장신구, 가구가 적지 않았어요. 모두 우리 엄마가 사용하던 거였어요. 손님에게 사기를 당해 천이 좀 넘는 빚을 갚지 못해 기루도 접게 되었고, 아버지 어머니도 돌아가시고 저만 이렇게 나와서 전세방을 구하다 보니 공연히 삼백을 빚지게 되었죠."

"상해에는 경박하고 교활하며 속 빈 나리들이 너무 많아서 일하려면 정말 힘들 거야. 나 같은 사람들이야 몇십 년 동안 상해에 머물면서 기녀를 부르거나 차를 마신다고 장사에 크게 도움이 되지 않지만 그렇다고 체면을 깎은 적도 없지. 기루에서는 나를 예의 바른 사람이라며 아주 잘해줘."

"이젠 저도 기대하지 않아요. 기루를 해서 밥 먹기 쉽지 않은데 어디 장사가 잘 되기나 하나요. 누구라도 대신 빚을 갚아주기만 하면 그 사람과 살 거예요."

"그러는 게 제일 좋지. 다만 조심해야 할 거야. 또다시 사기라도 당하면 평생 고생하게 돼."

"이젠 아니에요. 이전에는 어리고 철이 없다 보니 잘생기고 젊은 사람만 좋아해서 그 사람들 허풍에 속았지만 지금은 성실한 손님을 고를 건데 잘못될 게 있겠어요?"

"잘못되건 아니건 어디 같이 살 만한 성실한 손님이 있어야 말이지?"

대화를 나누는 동안 봉호는 연거푸 하품을 했다. 계림은 그가 일찍 잠자리에 든다는 것을 알고 열 시를 알리는 괘종소리에 맞춰 외할머니에게 죽을 가져오라고 하고 정리하고 잠자리에 들었다.

그런데 이날 밤, 봉호는 한기가 들어 머리가 어지럽고 코가 꽉 막혀 일어나지 못했다. 계림은 이번 기회에 며칠 쉬면 나을 거라고 일어나지 못하게 했다. 봉호는 붓과 먹을 달라고 해서 베개 머리맡에서 시단의 주인에게 병가를 내는 쪽지를 썼다. 그러자 시단의 친구들이 병문안을 왔다. 그들은 정성스럽게 병간호하는 계림의 모습이 이상스러울 정도로 친밀하여 뜻밖의 인연이라고 놀라워했다.

계림은 한참 잘나가는 의사 두소산을 청하여 진찰을 받게 하였다. 그리고 처방전도 받아서 직접 약을 달여 봉호에게 먹였다. 계림은 낮에는 식사를 하고 차 마실 마음도 내지 않았고, 밤에는 옷을 입은 채 바깥 침대에서 잠들며 사흘 내내 그의 곁을 잠시도 떠나지 않았다. 그러니 봉호가 감동하지 않을 수 있겠는가. 나흘째가 되자 열이 내렸다. 외할머니는 그때를 놓치지 않고 봉호에게 계림을 데려가라고 부추겼다.

봉호 자신도 여관에서 혼자 외롭게 지내는 게 상책이 아니다 싶었다. 지금 계림은 가난도 마다하지 않고 나이 든 것도 싫어하지 않는데, 어찌 이 좋은 인연을 놓치겠는가. 그는 이미 마음속으로 결정했다. 봉호는 완쾌될 때까지 조리를 한 후 정중하게 감사의 뜻을 전하고 문을 나섰다. 포구장의 굉수서방으로 가서 노포에게 알려주었다. 노포는 혼사를 축하해주었다. 봉호는 기뻐하며 노포에게 중매를 부탁했다. 그래서 그 자리에서 상의하기 위해 상인리 조계림의 집으로 함께 갔다.

노포가 대문을 들어서자 양쪽 곁채의 기녀와 아주머니, 여자 하인들이 일제히 소리쳤다.

“어! 노포가 왔네!”

이학정은 마침 양원원의 방에 있다가 그 소리를 듣고 유리창으로 내다보았다. 노포인 것을 보고 그를 부르려고 하다가 방봉호를 보고 입을 다물고, 대신 조가모에게 이 층으로 올라와서 잠시 이야기 나누자는 말을 전하라고 했다.

두어 끼 밥을 먹었을 시간이 지나서야 노포가 내려왔다. 이

海上花列傳
第六十回
二十二
老大得妻煙霞有癖

학정은 그를 맞이하며 자리를 안내했다. 노포가 물었다.

"하실 말씀이 뭡니까?"

"수삼을 술자리에 초대했는데 거절했어. 마침 자네 잘 왔네."

노포가 큰 소리로 말했다.

"나를 뭘로 봅니까? 수삼의 빈자리나 메워서 거저 술을 얻어 마시라고 나를 초대하겠다는 겁니까! 안 마셔요!"

학정은 황급히 웃으며 그를 붙잡았다. 노포는 허세를 부리며 가려고 했다. 양원원이 노포를 붙잡으며 조용히 말했다.

"조계림이 시집을 간다며?"

노포가 고개를 끄덕였다.

"내가 중매자로 나섰지. 빚 청산으로 삼백, 비용으로 이백 주기로 했어."

학정이 말했다.

"조계림을 데려갈 손님이 있었나?"

그러자 양원원이 말했다.

"당신 무시하지 말아요. 이전에는 잘나가던 기녀였어요."

이때 손님을 초대하러 갔던 하인이 돌아와 말했다.

"다른 두 분도 못 오신답니다. 위하선 쪽에서는 요 도련님이 한동안 오시지 않았다고 말하고, 주쌍주 쪽에서는 왕 나리가 강서로 가신 이후로 홍 나리께서도 드문드문 오신다고 하셨습니다."

그러자 학정이 말했다.

"지금 노포도 가버리면 기분 잡치겠는데."

양원원이 말했다.

"노포가 농담한 거예요. 가긴 어딜 가겠어요."

그때 마침 갑자기 초대 손님 주애인, 도운보, 탕소암, 주소운 네 명이 속속 모여들었다. 이학정은 술자리를 준비하고 물수건을 올리라고 했다. 모두 자리에 앉아 술을 마시며 이야기를 나누었다. 주애인이 말했다.

"자네 숙부님은 돌아가셨나? 한 번도 뵌 적이 없어."

"아니, 노덕만 돌아갔어."

도운보가 말했다.

"오늘 사람도 적은데 왜 자네 숙부님을 초대하지 않았나?"

"숙부님이 기루에서 술 마시려고 하시겠나! 지난번에는 여전홍에게 붙잡혀서 마지못해 몇 번 기녀를 불렀던 거야."

노포가 말했다.

"숙부님 능력이 대단하십니다! 상해에서는 오랫동안 놀면서도 돈을 거의 쓰지 않으시고 돈을 모으는 대로 집으로 가져가잖아요."

학정이 말했다.

"놀려면 돈을 좀 써도 괜찮아. 지금 숙부가 즐기고 있는 것 같아 보여?"

진소운이 말했다.

"자네 이번에 와서 돈 좀 벌었나?"

"이번에는 저번보다 더 많이 잃었네. 수삼에게 오천을 빚지고 있다가 어제 겨우 갚았어. 나자부에게 빌린 만 원은 기름 다 팔고 나면 갚으려고."

탕소암이 말했다.

"자네 여관방 계약서가 위험하다는 거 알고 있나?"

그는 황이저가 어떻게 그것을 훔쳐갔고 얼마나 애를 먹였는지, 나중에 자신이 중재자로 나서서 나자부가 오천을 주고 문갑을 돌려받고 나서야 잠잠해졌다는 것까지 자세하게 말해주었다. 모든 사람들은 고개를 저으며 혀를 빼물고 한결같이 황이저가 대단한 사기꾼이라고 말했다. 양원원은 피식 웃으며 말했다.

"조계지에서는 기생어미가 죄다 사기꾼이죠."

노포는 갑자기 벌떡 일어나 양원원의 말에 반박하려고 했다.[1] 양원원은 그가 소란을 피울까 응접실로 뛰쳐나갔다. 노포는 바로 문 앞 주렴까지 쫓아갔다. 그때 마침 손님들이 부른 기녀들이 잇달아 들어왔다. 육수보는 무심결에 주렴을 걷어 올리고 방으로 들어서는데, 노포와 그만 머리가 부딪히고 말았다. 그 장면에 안팎에 있는 사람들 모두 방이 떠나갈 듯 웃었다.

노포는 이마 언저리를 만지며 자리로 돌아왔다. 이학정은 웃으며 화해를 시키고 양원원을 불러 방으로 들어오라고 해서 벌주 한 잔을 내렸다. 그러나 양원원은 불공평하다며 그 벌을 따르지 않았다. 다른 사람들의 의견을 모아 육수보에게도 벌주 한 잔을 내렸다. 그러자 노포가 먼저 나서서 화권을 제안하며 먼저 선을 잡고 술잔을 깔았다. 모두 돌아가며 화권을 하며 기분 좋게 술을 실컷 마셨다. 열한 시까지 술을 마시고 나서야 술자리가 끝났다.

이학정은 손님을 보낸 뒤, 가져올 물건이 생각나서 광이를 불러오라고 했다. 아주머니와 성저가 대답했다.

"여기에 없어요. 술자리가 한창일 때 잠시 들렀다가 갔어요."

"오면, 내가 일이 있다고 전해라."

성저가 그러겠다고 대답했다. 학정은 또 가마꾼에게 말했다.

"광이를 만나거든 오라고 해."

가마꾼도 대답하고 갔다. 그렇게 하룻밤을 보냈다.

다음 날 학정은 일어나자마자 물었다.

"광이는?"

성저가 말했다.

"가마꾼은 있는데 광이는 아직 오지 않았습니다."

학정은 이상해서 가마꾼을 불렀다.

"객잔에 가서 불러와!"

가마꾼이 갔다가 돌아와서 말했다.

"객잔 사환 말이 어젯밤에 오지 않았다고 합니다."

학정은 광이가 창녀 집에 푹 빠져 돌아오는 것을 깜빡했다면 얼른 찾을 수 없다고 생각했다. 그렇다고 마냥 기다리고 있을 수만은 없어 직접 가마를 타고 석로 장안객잔으로 돌아갔다. 그는 방문을 열고 들어가서 물건을 꺼내려고 상자를 열었다. 그런데 가득 채워져 있던 상자가 아무것도 없이 깨끗하게 텅 비어 있었다.

학정은 초조해졌다. 멍하니 넋이 나가 뭘 해야 할지 몰랐다. 또 다른 상자를 열어보았다. 그것도 텅 비어 있었다. 학정은 급히 사환을 불렀다. 사환도 당황해서 회계 선생을 모시고 올라왔다. 회계 선생이 한 번 훑어보고 미간을 찌푸리며 말했다.

"우리 객잔은 깨끗합니다. 어떻게 이런 도둑이 있겠습니까?"

학정은 필시 광이의 짓임이 틀림없다고 생각하고 발을 동동거리며 뼈아프게 후회했다. 회계 선생은 몇 마디 위로를 하고 순포방으로 신고하러 갔다. 학정은 가마꾼에게 대흥리 제십전의 집으로 얼른 가서 이실부를 모시고 오라고 했다.

실부는 그 전갈을 받자마자 객잔으로 돌아와 자신의 물건을 점검했다. 뜻밖에도 자신의 물건은 그대로 있었다. 오직 학정의 이름으로 된 가죽 상자 여덟 개, 대나무 상자 두 개, 침구 상자 가운데 귀중한 물건만 죄다 훔쳐가고 없었다. 탁자 서랍에서 전당포 영수증들을 찾아냈다. 이것은 광이가 주인에게 원래의 물건을 보상해준다는 의미였다. 학정은 조금이나마 마음을 놓았다.

한창 어수선할 때, 외국 순포가 현장을 조사하기 위해 탐정 두 명을 데리고 왔다. 지붕과 문, 창문 모두 잘 잠겨 있고 더구나 드나든 흔적이 전혀 없다는 것을 확인했다. 분명 내부 소행이었다. 학정이 전날 밤에 광이가 돌아오지 않았다고 말하자, 탐정은 광이의 나이와 생김새, 말투 등을 자세히 묻고 갔다. 사환이 또 다른 말을 했다.

"지난주에 광이가 큰 보따리를 지고 나가는 것을 몇 번 보긴 했지만 묻지는 않았어요. 훔쳐가는 것인 줄 누가 알았겠습니까."

이실부가 웃으며 말했다.

"재미있는 놈이군! 너는 부자 나리라고 좀 잃어도 괜찮다는 거지. 그래서 네 물건만 훔쳐갔구만. 안 그러면 내 물건은 왜 그대로겠어?"

학정은 화가 나서 거들떠보지 않고 아예 무시했다. 그는 낯선 곳에서 경솔하게 해서는 안 된다고 생각했다. 한참 곰곰이 생각한 끝에 유일하게 상의할 수 있는 사람이 제운수라고 답을 내리고, 당장 가마를 타고 일립원으로 갔다. 일립원 입구에서 집사는 학정을 알아보고 재빨리 좇아와 가마를 들고 대문으로 들어가서 두 번째 정원 입구 문 앞에서 멈추었다.

학정은 문이 짐승 문양의 고리가 달린 큼직한 자물쇠로 잠겨 있고, 옆에 나 있는 중문으로 출입하게 하는 것을 보고 무

監守自盜雲水無蹤

슨 이유인지 알 수 없었다. 집사는 학정이 가마에서 내리자 공수를 하며 아뢰었다.

"저희 대인께서는 전보를 받으시고 돌아가셨습니다. 지금은 고 나리만 계십니다. 대관루에서 편히 쉬시지요."

학정이 생각했다.

'제운수께서 집으로 돌아가셨다고 하니 고아백과 상의하는 것도 괜찮겠네.'

이에 집사를 따라 화원으로 들어서며 곧장 대관루로 가서 고아백을 만났다. 학정이 말했다.

"혼자 적막하지 않으신가?"

"조금 적막한 거야 괜찮지만 아쉬운 게 국화산이야. 용지 선생이 심사숙고하여 만들었는데 지금 이렇게 한산하니 말이야."

"그러면 우리를 초대하면 되지."

"좋아. 내일 초대하겠네."

"내일은 시간이 없으니 며칠 뒤에 다시 말하세."

"무슨 중요한 일이길래?"

학정이 물건을 훔쳐 달아난 광이의 이야기를 대충 말해주자, 아백은 깜짝 놀랐다. 학정이 물었다.

"신고해야 할까?"

"신고야 하면 되지만 도둑을 붙잡아 물건들을 돌려받으려면 어려울 거야."

"그러면 신고하지 않아도 괜찮을까?"

"그것도 아니야. 만약에 다른 곳에서 또 나쁜 짓을 하고 주인이 자네라며 책임을 물으면 시끄러워져."

"맞아. 맞는 말이야."

학정은 그의 말에 동감하며 자리에서 일어나 작별인사를 했다. 아백이 말했다.

"그렇다고 그렇게 서두를 필요 있는가."

"지금은 정말이지 흥이 나질 않네. 조금이라도 일찍 가서 해결을 본 다음 잔을 부딪치는 게 어떤가?"

아백이 웃으며 말했다.

"기다리고 있겠네."

그 길로 이 층 화원 문 앞까지 배웅해주었다. 학정은 공수를 하고 가마에 올라 작별인사를 했다.

아백은 그제야 돌아서서 가려고 하는데 갑자기 한 젊은이가 '고 나리' 하며 옆에서 인 사를 했다. 아백은 알아보지 못하고 이름을 물어보았다. 그는 다름 아닌 조이보의 오빠 조박재였다. 그는 사삼공자에게서 온 서신이 있는지 물었다. 아백이 대답했다.

"없었네."

박재는 더 이상 물어보지 못하고 한쪽으로 물러나 공손하게 가만히 있었다.

아백은 화원으로 돌아와 횡파감을 지나 서쪽으로 발걸음을 옮겼다. 원래 이 국화산은 앵무루 앞에 펼쳐져 있었는데 그 앵무루는 八자형의 다섯 칸 누각으로, 앞쪽 면적이 아주 널찍했다. 그래서 국화산도 八자형으로 빙빙 돌려가며 한 아름 크기로 만들었는데, 그 높이가 처마와 나란하고 아래로 여러 개의 길이 사방으로 나 있었다. 구경꾼들은 그 사이로 다니는데, 마치 '팔진도(八陣圖)'로 들어가는 것과 같이 종종 '꽃 무덤에서 길을 잃어 나오기 어려워라(迷路出花難)'[2]는 시구를 읊을 정도였다.

아백은 익숙한 곳이어서 남쪽에서 가장 가까운 길로 돌아가서 돌길을 지나 죽교를 건너가니 벌써 국화산 뒤쪽이었다. 들어가 보니 작은 모자를 쓰고 청색 옷을 입은 누군가가 꽃 아래에 등지고 서서 이리저리 거닐며 머리를 갸웃거렸다가 손톱을 물어뜯었다가 하며 마치 혼이 빠져 있는 것 같았다. 아백은 뒷모습에서 소찬임을 알고 굳이 부르지 않고 뭘 하는지 가만히 보았다. 소찬은 한참을 그렇게 하고 있더니 갑자기 앵무루로 달려갔다. 아백도 조용히 따라갔다. 소찬은 탁자에 걸터앉아 묵을 갈고 몇 줄을 갈기며 써 내려갔다. 아백은 웃음을 머금고 다가가서 소찬의 어깨를 가볍게 톡톡 두들겼다. 소찬은 깜짝 놀라며 돌아보았다. 아백을 보자, 황망히 붓을 놓고 한쪽으로 섰다. 아백이 웃으며 말했다

"국화에 대한 시를 짓고 있었느냐?"

"아닙니다. 윤 나리께서 숙제로 시제를 내주셨습니다."

아백이 그 원고를 묻자, 소찬은 못내 부끄러워하며 보여주었다. 위쪽에는 "부득안화낙정수저면, 득면자, 오언팔운(賦得眼花落井水底眠, 得眠字, 五言八韻)."[3]이라고 쓰여 있었다. 그 아래의 시를 보려는데, 덧칠이 되어 있어 알아보기 어려웠다. 그 중에서도 넷째, 다섯째, 여섯째 구의 운만 알아볼 수 있었다.

취향의 봄은 끝없고, 신령한 동굴의 밤은 끊이지 않는다.(醉鄕春蕩蕩, 靈窟夜綿綿)
허무의 땅에 발을 디디고, 소유천[4]에 머리를 묻는다.(揷脚虛無地, 埋頭小有天)
어리석은 용은 차가운 달 밖에 있고, 눈 먼 말은 황량한 안개 속에서 운다.(痴龍外冷月, 瞎馬嘯荒煙)

아백은 시를 읽고 나서 훌륭하다며 칭찬을 아끼지 않았다. 소찬은 웃음을 보이며 말했다.

"윤 나리 덕분입니다. 그러나 여전히 부족합니다. 고 나리께서 보시고 조금이라도 나아질 수 있다면, '가르침에는 차별이 없다(有敎無類)'는 말을 빌려 한두 자라도 바로잡아주시겠습니까?"

아백이 주저하며 말했다.

"원래 하던 대로 윤 나리가 오거든 가르침을 받게. 그 사람이 나보다 교정을 잘해. 원하면 내가 틈틈이 자네와 이야기 나누는 것도 무익하진 않겠지."

소찬은 대답을 하고 물러났다.

아백은 몇 마디 한 말에 전혀 마음을 두지 않고 혼자 국화를 감상하고 방으로 돌아갔다. 소찬은 오히려 기분이 아주 좋아서 그날 밤에 올해에 쓴 과제 시첩 중에 마음에 드는 이십 수를 골라 날이 밝자마자 대관루로 보냈다.

아백은 배움을 향한 간절한 그의 뜻을 살펴서 한번 쭉 훑어보고 나서 차분한 어조로 말했다.

"자네 시는 더 이상 좋을 수 없을 정도로, 내가 오히려 자네에게 요구할 게 없는 것 같네. 다만 전체적으로 자네 마음속에 이미 '어불경인사불휴(語不驚人死不休, 시어가 사람을 놀라게 하지 않는다면 죽어서도 쉬지 않을 것이다)'[5]라는 편견이 있어서 온유돈후(溫柔敦厚)의 의도와는 좀 떨어졌네. 시를 지을 때 첫 번째 원칙은 상제행사(相題行事)라고 제목과 내용이 맞아떨어져야 하네. 어제 '안화낙정(眼花落井)'이라는 제목이 자네 글과 맞아떨어지는 것처럼 말이야. 일률적으로 이런 작법으로 한다면 그것도 크게 맞지는 않지만."

고아백은 '춘초벽색(春草碧色)' 시 중에 여섯째 운을 가리키며 읽었다.

"장숙의 피는 변하여 남아 있고(化餘萇叔血),[6] 사공의 수염으로까지 싸운다(鬪到謝公須)."[7]

"아주 잘 지었네. 아름답고 참신해. 온 힘을 다 쏟아부었다고 할 수 있지. 그런데 사실 '벽초(碧草)' 두 자 때문에 큰 의미가 없네."

또 '춘일재양(春日載陽)'[8] 시 가운데 여섯째 운을 가리키며 읽었다.

"진은 누를 머리가 없고(秦無頭可壓), 송은 걸을 수 있는 다리가 있다.(宋有脚能行)."

"이 두 구절은 할 말이 또 있는데, 읊어보면 마치 돌 깨지는 소리에 하늘이 놀라고 드리워진 높은 구름 바다 위에 깎아지른 듯 거칠고 위태로우면서도 환상적이야. 제목 넉 자와도 꼭 들어맞아. 다만 이치를 논하자면 제목과 어떤 관련이 있는지 의아하다네. 두 개의 제목은 조금 담담하게 써 내려가서 농가의 즐거움과 나그네의 사색이 돋보이게 할 줄 알았다면 그야말로 훌륭한 작품이라고 할 수 있지. 굳이 심사숙고하여 기교를 들이면 오히려 순수한 의미를 잃어버리게 돼. 소위 제목과 내용이 맞는다는 '상제행사'란 바로 이를 두고 말하는 것이네."

소찬은 그다지 만족스럽지 않는 표정으로 가만히 듣고만 있었다. 아백은 다시 주저하다 웃으며 말했다.

"내 말이 믿기지 않는가? 나에게 시제가 있으니 가져가서 보게. 일정한 격식에 맞게 짓다 보면 그 속의 달고 쓴 맛을 알게 될 거야."

소찬은 제목이 무엇인지 알려달라고 했다. 아백은 '돌아와 국화 가까이 다가가리라'는 뜻의 '환래취국화(還來就菊花)'[9]라는 제목을 주었다. 소찬은 속으로 이런 종류의 제목이라면 어떤 어려움이 있을까, 백 편을 지으라고 해도 그 자리에서 지을 수 있겠다고 생각하고 미소를 지었다. 인사를 하고 물러나 방으로 돌아와 시를 짓기 시작했다. 순간 청묘한 정감이 끊임없이 흘러넘쳐 한 수로는 다하지 못해 연이어 다섯 수를 짓고 다른 종이에 옮겼다. 읽어보니 내용이 없고 진실되지 않아 마음에 걸리고 제목의 의미와도 다른 것 같아서 다시 각고의 노력을 들여 필요 없는 문장을 없애고 수정하여 한 수를 만들어냈다. 자신이 봐도 완벽하다고 생각되어 아주 만족스러웠다. 그래서 아주 기쁜 마음으로 고아백에게 가르침을 받기 위해 대관루로 갔다.

---

1 기생어미를 뜻하는 노보(老鴇)와 노포(老包)의 발음이 같다. 그래서 노포는 자기를 욕하는 줄 오해하고 발끈하였다.

2 초당(初唐) 시기의 송지문(宋之問)의 시 「춘일연송주부산정(春日宴宋主簿山亭)」의 한 구절이다.

3 과거시대의 시첩시의 제목 형식이다. '賦得'은 옛 시인의 시 구절을 취하여 제목으로 삼을 때 그 시구 앞에다 붙이는 문구이다. 주로 옛 시인의 시 구절을 제목으로 삼았기 때문에, 제목 앞에 '賦得'을 붙였다. "眼花落井水底眠"은 두보(杜甫)의 「음중팔선가(飮中八仙歌)」의 한 구절로, '술에 취해 우물에 빠져 잠을 잔다'라는 의미이다. "득면자(得眠字)"는 면(眠) 운을 사용한다는 의미이다. "오언팔운(五言八韻)"은 한 구절이 다섯 자이며, 압운이 여덟 곳에 있으니 모두 열여섯 구 형식을 말한다.[일]

4 도가(道家)에서 전해지는 동부(洞府)의 이름. 하남성(河南省) 제원현(

齊原縣) 서쪽 왕옥산(王屋山)에 있다. 『태평어람(太平御覽)』 권40 「모군내전(茅君內傳)」에 '왕옥산의 동굴은 둘레가 만 리나 된다. 소유청허지천(小有淸虛之天)이라고 한다.'라는 기록이 있다.

5 당대(唐代) 두보(杜甫) 시 「강상치수여해세료단술(江上値水與海勢聊短述)」의 한 구절이다.

6 장숙(萇叔, BC 582?~492) : 장홍(萇弘)을 말한다. 자가 숙(叔)이다. 『장자』 「외물편」에 '장홍은 촉나라 사람으로, 살해당한 후 피가 그치지 않고 흘렀다. 촉나라 사람이 그 피를 보관했는데 3년 후에 푸른 옥돌로 변하였다'라는 내용이 실려 있다.

7 이 시구의 전고는 찾기 어렵다. 다만 풀싸움 놀이를 의미하는 것이 아닌가 하고 짐작할 뿐이다.[일]

8 『시경(詩經)』의 「국풍(國風)」 「칠월(七月)」에 나오는 한 구절이다.

9 당대(唐代) 맹호연(孟浩然)의 시 「과고인장(過故人莊)」의 한 구절로, '다시 찾아와 국화를 감상하겠다'는 의미이다.

61

근골을 펴고 버들잎을 뚫으려고 잠시 기술을 시도하고, 머리를 써가며 국화를 마주하고 괴롭게 시를 짓다

舒筋骨穿楊聊試技 困聰明對菊苦吟詩

소찬은 대관루에 이르자마자 '환래취국화(還來就菊花)'라는 제목의 시첩시(試帖詩)를 올렸다. 고아백은 한번 읽어보고는 딱히 평가를 하지 않고 오히려 웃으며 물었다.

"자네가 말해보게. 이 시는 어떻게 지었나?"

소찬은 미간을 찌푸리며 말했다.

"제목에 비추어보면, 공허합니다만, 이렇게 지었습니다. 왜 써 내려가면 언제나 두루뭉술한 말들인지, 제목을 바꾸면 쓸 만할 것 같기도 합니다."

아백은 껄껄 웃었다. 그리고 서가에서 수진본(袖珍本)[1] 한 권을 꺼내어 넘기다 한 면을 펼치고 소찬에게 직접 읽어보라며 주었다. 소찬이 그 책을 보니 『수원시화(隨園詩話)』[2]였다. 그 문장은 대략 다음과 같았다.

> 요화주인(瑤華主人) 담준세자(橝樽世子)의 "부득한매저화미(賦得寒梅著花未)"[3]라는 시 뒤에 자신이 쓴 발문에서 이렇게 말하고 있다. "이것은 나동보(那東甫)라는 선비에게 낸 제목인데, 친구 노약림(盧藥林)이 부탁한 것이다. 이 제목으로 여러 유생들이 쓴 시를 보니, 매화시일 뿐, 『수원시화』에서 말하는 '제목에 맞게 글을 써 내려간(上題行事)' 시는 한 편도 없었다. 그래서 이에 대해 창산거사(倉山居士)[4]에게 질문한 것이다."

소찬은 다 읽고 나서도 조용히 생각에 잠겨 있었다. 아백이 말했다.

"'환래취국화'는 '동지섣달 매화는 꽃을 피웠는지'라는 뜻의 '한매저화미(寒梅著花未)'와 다르지 않네. 자네는 국화시를 지었기 때문에, 두루뭉술한 말들이 되었네. '한매저화미'라는 제목의 이 시를 보게. 딱 맞아떨어지는지? 이대로 다시 지으면 '환(돌아)', '래(와)', '취(가까이 다가가다)' 이 세 개의 허자에서 착상해야 사방의 윤곽이 선명해지면서 그 속에서 정묘한 이치를 취하게 되네. '국화' 두 자는 그냥 가볍게 가져가면 돼."

소찬은 연신 고개를 끄덕이며 이치를 깨달은 듯이 밖으로 나갔다. 아백은 그가 밖에서 멍한 표정으로 한참을 서 있다가 또 한참을 서성이다 가는 것을 보았다.

아백은 별 다른 일이 없어서 사람들이 부탁한 글과 그림들을 위해 서가에 쌓여 있는 화선지, 부채, 큰 족자, 작은 족자를 점검하고 기분 내키는 대로 휘갈기며 써 내려갔다.

그런데 저녁이 되어도 소찬이 오지 않자, 아백은 분명 어려워 스스로 포기한 것이라고 생각했다.

다음 날도 아백은 여전히 글과 그림으로 소일하였다. 정오가 지나자 조금 피곤해졌지만 화원을 산책할 생각에 오수는 대충 넘기고 붓을 내려놓고 대관루를 나왔다.

하늘에는 옅은 구름들이 흩어져 있었다. 마음과 눈이 확 트일 정도로 높고 맑은 하늘이었다. 대관루 앞쪽 회랑을 나오니, 마침 한 하인이 오 척 길이의 대나무 비를 들고 정원의 낙엽을 쓸려고 하던 참이었다.

아백은 그제야 지난밤 오경 즈음에 꿈속에서 들었던 비바람 소리가 어렴풋이 떠올랐다. 아마도 그 비바람에 잎이 떨어진 모양이었다. 그러고 보니 앵무루 앞 국화산도 비바람에 이 낙엽처럼 떨어져 망가졌다면 더 이상 감상할 수 없을 것이고 이학정의 흥취도 사라질 텐데, 이를 어쩌나 하는 생각이 들었다. 그래서 그는 동북쪽으로 향했다. 먼저 부용당 일대를 보면 예측할 수 있을 것이라고 생각하고 구곡평교에 이르러 개울을 따라 바라보니 이화원락은 검은 빛깔의 양쪽 문이 잠겨 있고 그 문 앞의 부용화는 하얀 담장과 대조를 이루며 더욱 농염한 색으로 발하고 있었다.

아백은 부용화를 보자 조금 마음이 놓였다. 그리고 다시 배월방롱의 계화를 보러 갔다. 계화는 수북하게 빈틈없이 땅에 떨어져 있었다. 아백이 그 위를 밟고 지나가는데, 폭신폭신하고 신발에 꽃술이 달라붙었다. 아백은 배월방롱에 들어갔다. 그곳의 위쪽 창문은 모두 잠겨 있었고 낭하의 주렴은 높이 말려 있었다. 집사는 어디로 갔는지 보이지 않고, 마치 한동안 사람들의 흔적이 없었던 풍경 같았다. 아백은 손으로 햇빛을 가리며 유리창에 얼굴을 갖다 대고 안을 들여다보았다. 그 안에는 장식품 하나 없고, 탁자와 의자들은 엎어져 쌓여 있었다.

아백은 그제야 몸을 돌렸다. 그런데 갑자기 갈까마귀 일고여덟 마리가 머리 위로 빙빙 돌며 '꽥꽥' 시끄럽게 울어댔다. 아백은 누군가가 오나 보다 하고 배월방롱을 돌아 동산 쪽으로 찾아갔다.

하인 몇 명과 집사가 커다란 회나무 아래에 모여 있었다. 그들은 의자 하나를 펼쳐 놓고 나무 위의 갈까마귀 둥지를 쳐 내려고 하고 있었다. 그러나 의자는 낮고 둥지는 높이 있어서 아무리 발돋움을 해봐도 닿지 않았다. 서로 의견을 내놓아보지만 뚜렷한 해결책이 나오지 않았다.

아백은 둥지를 올려다보았다. 세 갈래로 난 가지 위에 있는 수박 크기만 한 둥지는 아직 완전하지 않았다. 아백은 집사에

海上花列傳
第六十一回
二十九
舒筋骨穿楊聊試技

게 지정당으로 가서 활을 가져오라고 하여 거리를 가늠해보고 두 발자국 물러서서 활을 구부려 화살을 올렸다. 그리고 둥지를 조준하여 몸을 펴며 활시위를 당겼다. 사람들은 '슝' 하는 소리만 듣고 활이 날아가는 것을 보지 못했다. 그런데 둥지를 보니, 세 갈래 가지 위에 대롱대롱 위태롭게 매달려 있었다. 사람들이 환호를 하려는데, 또다시 '슝' 하고 날아가는 활 소리가 들렸다. 동시에 둥지는 땅으로 데구루루 떨어졌다. 사람들은 기뻐하며 갈채를 보내고, 집사는 얼른 달려가서 둥지를 주웠다. 활 두 개가 꽂혀 있는 둥지를 아백에게 올렸다.

아백은 고개를 끄덕이며 미소를 지었다. 그리고 발걸음 닿는 대로 동남쪽 호수둑을 돌아 봉의수각을 지나갔다. 마침 수각의 집사가 그를 보고 쫓아 나와 아백을 청했다. 아백은 손을 내젓고 앵무대로 갔다. 국화산에 들어가려고 하는데, 차방에서 웃음소리와 말소리가 들려왔다. 아마도 집사들이 마작을 하며 놀고 있는 모양이었다. 아백은 그들을 방해하지 않고 국화산을 바라보았다. 다행히 차양은 멀쩡했지만 광채는 조금 사그라들어 얼마 지나지 않아 꽃들이 다 시들어버릴 것 같았다. 그래서 조금이라도 일찍 손님들을 청해서 국화 감상을 해야겠다고 생각했다.

아백은 여기까지 생각이 이르자 서둘러 돌아갔다. 횡파감에 이를 즈음에 소찬과 마주쳤다. 소찬의 손에는 '환래취국화'라는 시첩시가 들려 있었다. 아백에게 가르침을 청할 참이었다.

아백은 걸음을 멈추고 시를 받아 들고 읽어보았다. 또 웃으며 소찬에게 물었다.

"자네가 말해보게, 이 시는 어떻게 지었나?"

소찬은 또 미간을 찌푸리며 말했다.

"이 시는 제목과 맞아떨어지는 것 같긴 한데, '환래취국화' 라는 이 구절을 말하자면 중언부언하는 폐단을 면하지 못해서 좋은 시를 짓지 못했습니다."

아백은 껄껄 웃으며 말했다.

"그렇다면 오히려 내가 자네에게 읽어보라고 준 『수원시화』가 좋지 않았군. 그 '한매저화미'라는 시에 구속되어버렸구나. 구속되어서는 안 되네. 차라리 그 시를 무시하고 다시 지어보게. '환래취국화라는 제목을 잘 펼쳐놓되, 제목 안으로 파고들며 짓지 말고, 오히려 제목 밖으로 뛰쳐나와 자신만의 시를 지어보게. 제목과 달라도 신경 쓰지 말고, 제목이 내 시로 다가오면 좋아."

소찬은 그 말의 의미를 깨달은 듯 또 고개를 연신 끄덕였다.

아백은 소찬을 뒤로하고 대관루로 돌아와서 '내일 정오 국화 전별회에 초대합니다'라는 내용의 초대장을 일곱 장 썼다. 집사에게 초대장을 건네주며 전하라고 하였다. 그런데 갑자기 아래에서 시끌벅적 웃음소리와 말소리가 들려왔다. 분명 요문군의 목소리였다. 아백은 집사가 잘못 부른 것으로 알고, 요문군이 올라오자마자 급히 물었다.

"자네 무슨 일로 왔는가?"

"자라가 상해에 왔잖아요."

아백은 그제야 자라가 온 것을 알고 웃으며 말했다.

"내일 손님을 청하려던 참이었는데, 자네가 마침 왔군."

두 사람은 손을 잡고 방으로 들어갔다. 문군은 활동적이어서 얼른 외투를 벗고 혼자 화원 곳곳을 누비고 나서 돌아왔다. 아백에게 말했다.

"제 대인이 가시고 나니 많이 안 좋아졌네요! 국화산도 꼭대기가 무너져서 지탱하기 어려워 보였어요."

아백이 손뼉을 치며 말했다.

"자네가 '환래취국화'라는 시를 짓는다면 잘하겠는걸!"

문군은 무슨 말인지 자세히 캐물었다. 아백은 대충 그의 이야기를 해주었다.

그날 밤 두 사람은 방에서 편안하게 소일하며 하룻밤을 보냈다.

이날은 시월 기망이었다. 갈중영과 오설향이 가장 먼저 도착했다. 그들은 고아백의 방에 앉아 요문군의 단장이 끝나기를 기다렸다가 함께 앵무루대로 갔다. 갈중영은 도 씨와 주 씨 형제들은 일이 있어서 오지 못한다고 전했다. 고아백이 무슨 일인지 묻자 갈중영이 말했다.

"나도 잘 몰라."

이어 화철미가 손소란과 함께 도착했다. 서로 인사를 나누고 자리에 앉았다. 고아백이 말했다.

"소란 선생은 한 며칠 머물게. 듣자니 자라가 왔다는데."

갈중영이 말했다.

"자라는 돌아간 지 얼마 안 됐는데, 왜 또 왔을까?"

화철미가 말했다.

"교노사 말에 의하면 이번에는 도박 건 몇 가지를 처리하러 온 거라는데. 지난번에 자라, 이학정, 교노사 세 사람이 도박하러 왔다가 도박꾼과 함께 붙어서 완전히 졌는데, 세 사람이 십몇만 원을 잃었어. 다행히 도박꾼 두 사람이 돈을 나눌 수 없다고 계속 싸우고 있다고 해. 자라가 분명 처리해야 할 거야."

고아백과 갈중영이 말했다.

"요즘 상해 도박은 정말 문제가 많아. 어떻게든 반드시 처리해야 해."

화철미가 말했다.

"쉽지 않을 거야. 내가 체포장을 봤는데, 우두머리는 이품인데 대단하더군! 수하에 백 명이 넘고, 아문의 심부름꾼, 기루의 기녀들도 그의 조력자들이었어."

손소란, 오설향, 요문군이 말했다.

"기녀는 누구예요?"

화철미가 말했다.

"양원원이었던 걸로 기억해."

모두들 그 이름을 듣고 서로 깜짝 놀라며 쳐다보고 그 이유

困聰明對菊苦吟詩

를 물으려고 하는데, 마침 그때 집사가 손님이 도착했다고 통보를 했다. 바로 이학정과 양원원이었다. 모두 입을 닫고 그들을 맞이하며 더 이상 말을 꺼내지 않았다.

고아백이 이학정에게 말했다.

"자네 잃어버린 물건 신고했나?"

"했네."

양원원이 두 눈을 둥그렇게 뜨고 물었다.

"신고하러 가셨어요?"

학정이 웃으며 말했다.

"자네와 관련 없는 일이야."

"당연히 저와 관련 없는 일이지만, 신고하러 가셨다는 거잖아요."

"귀찮게 굴 거야! 광이 일이야!"

양원원은 그제야 가만히 있었다.

정오가 되자 고아백은 집사에게 술자리를 준비하라고 했다. 손님이 적어 탁자 두 개를 붙여서 손님과 기녀 각각 네 명은 삼면에 둘러앉고 아래 자리를 비워두었다. 그렇게 꽃을 마주하고 술을 마시게 되었다.

순간, 또다시 자라 이야기가 나왔다. 양원원은 냉소를 짓고 끼어들었다.

"어제 자라가 저희 집으로 와서 주소화를 처리할 거라고 하더군요. 주소화는 상해 조계에서 유명한 도박꾼이에요. 그러니 어느 기루가 그를 몰라보겠어요! 지난번 나리께서 주소화와 마작 할 때 그가 속임수를 쓰는 걸 알았지만, 저도 기루에서 밥 먹고 살고 있고 장사를 해야 하는데 도박꾼에게 어떻게 잘못할 수 있겠어요? 그들이 속임수를 써도 저 역시 모르는 척할 수밖에요. 지금 자라는 제가 주소화와 짜고 속임수를 부렸다고 하는데, 이런 일은 있을 수 없지요!"

양원원은 만면에 분노를 띠고 있고 두 눈에는 눈물이 그렁거렸다. 이학정은 한 번 웃고는 또다시 한숨을 쉬었다. 화철미와 갈중영이 달래며 말했다.

"자라 말을 누가 믿겠나. 그냥 내버려두게."

고아백은 분위기를 전환하려고 돌아보다가 소찬이 시중을 들기 위해 한쪽에 서 있는 것을 보고 국화시를 지었는지 물었다. 소찬이 말했다.

"짓긴 했습니다만 맞는지 모르겠습니다."

"가서 가져와 보게."

소찬은 '예' 하고 대답했다. 그러나 움직이지 않고 서 있었다. 고아백은 이상하게 여겨 물었다. 그러자 소찬이 말했다.

"정풍리 조이보 쪽에서 사람을 보내와 고 나리를 뵙고자 합니다."

소찬의 말이 끝나기도 전에 소찬 뒤에서 한 젊은 남자가 나왔다. 그는 공수하며 '고 나리' 하고 인사를 했다. 아백은 그가 전날 화원 입구에서 만난 조박재임을 알고 여기에 온 이유를 물었다. 알고 보니 사삼공자로부터 서신이 왔는지를 알아보기 위해서였다. 아백이 말했다.

"여기는 아직까지 서신이 없었네. 다른 곳에 가서 알아보게나."

조박재는 더 이상 묻지 못하고 소찬과 함께 낭하로 물러났다. 소찬은 집무실로 가서 새로 지은 시 원고를 가져와 고아백에게 올렸다. 아백이 펼쳐서 보니 아래와 같이 적혀 있었다.

부득환래취국화, 득래자, 오언팔운

(賦得還來就菊花, 得來字, 五言八韻)

국화를 떠나기만 하면, 새로운 시를 몇 번이나 찾았는가.

(只有離離菊, 新詩索幾回.)

지팡이를 짚을 새도 없이, 꽃을 보러 돌아온다네.

(不須扶杖待, 還爲看花來.)

산과 물을 건너니, 바람과 비가 재촉하고,

(山山水水度, 風風雨雨催.)

아름다운 명절 중양절이 되면, 은자의 화원을 연다네.

(重陽嘉節到, 三徑主人開.)

동리의 약속을 지켜주기를 청하고, 외람되게 북해의 동반을 따르고, (請踐東籬約, 叨從北海陪.)

나그네의 슬픔 서로 위로하며, 가을 그림자 함께 배회한다네. (客愁相慰藉, 秋影共徘徊.)
나의 정신은 가버리고, 수고로이 그대의 손을 움직이게 하고, (令我神俱往, 勞君手自裁.)
상마는 옛말을 뒤집고, 질항아리를 들고 빚은 술을 기억하라. (桑麻翻舊話, 記取瓦缸醅.)

고아백은 시를 읽고 껄껄 웃기만 하고 이학정, 갈중영, 화철미에게 건네주었다. 모두 다 읽고 나자, 고아백은 여전히 웃으며 물었다.

"이 시가 어떤지 한 수 가르쳐들 주시게나."

모두들 그 질문에 서로 쳐다보았다. 이학정이 먼저 말했다.

"내가 볼 때 특별히 좋은 것 같지 않네."

갈중영이 고개를 끄덕이며 말했다.

"좋은 시로 말하자면, 특별히 좋은 건 아니지만, 그렇다고 특별히 나쁘지도 않아."

화철미가 말했다.

"한참을 생각해보았네. 좋은 시를 지으려면 작법을 어떻게 해야 하는지 생각나지 않는데, 이 시는 그 자체로 장점을 가지고 있어."

고아백은 여전히 웃으며 소찬을 돌아보며 필묵을 가져오라고 해서 세 명에게 각자의 의견을 평점으로 써달라고 했다. 이학정은 그것을 받아 들며 적어 내려갔다.

가볍고 원만하며 유창함이 마치 구슬을 굴리는 것 같다. 압운은 특히 아주 정확하다.

그는 붓을 내려놓으며 다시 말했다.
"더 이상 좋은 점을 말하자면, 없네."
갈중영이 잠시 생각하더니 써 내려갔다.

하나의 기운이 만들어져, 면면이 치닫음이 백번 쇠를 단련하여 부드러운 반지를 만드는 것과 같다.[5]

화철미가 웃으며 말했다.
"나는 문장 작법으로 이 시를 비평하려네."
그리고 붓을 잡고 써 내려갔다.

제목 속에서는 하나의 의미가 새어나가도록 남겨두지 않고, 제목 밖에서는 하나의 뜻이 들어오는 것을 막지 않는다. 신리의 전달은 바로 여기에 있다.

이학정이 말했다.
"자네 두 사람의 비평은 정말 좋은데."
갈중영이 말했다.

"시 전체에서 가을 그림자 구절은 제목과 중복되니까, 그 나머지 구절이 좋아."

화철미가 말했다.

"좋은 점은 실을 허에 운용한 것에 있네. 얼핏 봐서는 뜻을 담지 않는 것 같지. 사실 여든 글자는 견고한 만리장성과 같아. 한 글자라도 바꿀 수 없네."

이학정이 말했다.

"아백에게 비평을 달라고 하지. 그의 비평이 어떤지 보자구."

고아백은 잠시 멍하니 생각을 하다 말했다.

"달리 비평할 게 없네."

갈중영이 말했다.

"아백은 필시 다른 견해가 있을 거야."

화철미가 말했다.

"아마 아백의 견해는 비평할 수 없다는 것일 거야."

고아백은 껄껄 크게 웃고 일필휘지 써 내려갔다. 모두 뒷면에 쓴 문장을 보며 읽었다.

> 이 눈의 눈물, 이 심장의 피는 쉬운 것 같지만 고생 끝에 만들어진다.

모두들 웃으며 말했다.

"이것이 바로 비평할 게 없는 비평이구나."

고아백은 웃으며 소찬에게 말했다.

"공연히 자네를 난처하게 했구나."

소찬은 속으로 만족스러워하며 시원고와 필묵을 받아 들고 밖으로 빠져나와 자세히 네 줄의 평점을 읽었다. 그런데 뜻밖에 조박재가 낭하에 계속 있다가 소찬을 붙잡고 간절히 물었다.

"고맙습니다! 또 한 가지 여쭤볼 게 있어요. 듣기로 어제 삼공자가 상해에 왔다고 하던데, 사실입니까?"

소찬은 마지못해 고아백에게 아뢰었다. 고아백이 말했다.

"그가 잘못 들었네. 상해에 온 사람은 뇌(賴) 공자고, 사(史) 공자가 아니야."[6]

조박재는 창문을 사이에 두고 그 말을 듣고 자신이 잘못 알아들었다는 것을 알았다. 소찬이 나오자 작별인사를 했다. 소찬은 그 길로 그를 화원 입구까지 배웅해주었다.

조박재는 오는 내내 마음이 답답했다. 정풍리 집으로 돌아가서 모친 홍 씨에게 삼공자의 서신은 없었으며 잘못 알아들은 이유를 말해주었다. 마침 누이 조이보가 옆에서 시중들며 앉아 있다가 그 소식에 화가 나서 눈을 흘기며 한참 동안 말하지 않았다.

홍 씨는 길게 한숨을 쉬며 말했다.

"삼공자가 오지 않을 건가 봐. 이제는 정말로 끝났어!"

박재가 말했다.

"지금 안 왔다는 거지, 삼공자는 그럴 사람이 아닙니다."

홍 씨가 또 한숨을 쉬었다.

"꼭 그렇다고 말하기 어려워. 처음에 아예 따라갔으면 괜찮았을 텐데. 지금은 따라갈 수도 없고 헤어질 수도 없고, 이 무슨 끝이!"

이보는 싸해져서 고개를 돌리며 소리쳤다.

"어머니, 무슨 쓸데없는 말씀을 하세요!"

그 말에 홍 씨는 입을 닫고 고개를 숙이고 가만히 있었다. 박재는 어떻게 수습할 수 없다고 생각하고 방을 슬그머니 빠져나왔다. 아주머니 아호는 밖에서 다 듣고 도무지 참고 있을 수 없어 방으로 들어가 말했다.

"아가씨, 아가씨는 어려서 기루 장사가 얼마나 어려운지 몰라서 그러는데, 손님들 이야기라면 잘 들어야죠! 애초 삼공자와 아가씨가 한 말, 나하고는 한 번도 상의한 적 없지요. 그러니 내가 전혀 모르고 있었잖아요. 지금 한 달 넘게 서신이 없는 건 아무래도 아니지 싶습니다. 만약 삼공자가 오지 않으면 생각해봐요. 은루며, 비단가게며, 양화점이며, 삼사천은 되는데, 어떻게 갚을 거예요? 내가 잔소리하는 게 아니라, 일찌감치 계획을 잡아서 해야죠. 완전히 망하는 날은 오지 않게 해야 하잖아요."

이보의 얼굴이 붉게 부어올랐다. 그러나 아무런 대꾸를 하지 못했다. 갑자기 아래층 중간방에서 재봉사 장 씨가 소리를 쳤다. 각종 옷감 실을 사야 한다며 당장 필요하다고 하였다. 아호는 더 이상 상관하지 않고 아무렇지도 않은 듯 방을 나왔다. 홍 씨는 아교에게 사 오라고 했다. 아교는 어떤 색인지 모른다며 장 씨에게 치근거렸다. 박재가 황급히 말했다.

"내가 갈게."

이보는 이런 꼴을 보고 속에서 울화통이 치밀어 올라 힘없이 이 층 방으로 올라갔다. 그러나 침대에 누워 이리저리 생각을 해보아도 도무지 뾰족한 수가 없었다.

날이 저물자, 장 씨는 새로 만든 옷 한 벌을 보내왔다. 은서(銀鼠) 모피를 덧댄 청색 비단 망토와 홍색 비단 치마였다. 장 씨는 이보에게 직접 살펴보라고 했다. 세 번을 청해도 이보는 일어나지 않고 말했다.

"그냥 거기에 둬요."

장 씨는 내려놓으며 다시 물었다.

"아직 호피도 있는데, 만들어요?"

"만들기로 했는데, 왜 안 만들어요?"

"그러면 단에 가선을 두를 송강산 공단과 가선을 내일 한꺼번에 살게요."

이보는 나직하게 '네'라고 대답했다. 장 씨가 나간 후 이 층은 조용해졌다.

아홉 시를 넘기자, 아교와 아호가 저녁을 들고 들어와 먹으라고 했다.

"안 먹어!"

아교는 눈치없이 계속 끌어당기며 일으켰다. 이보는 신경질을 냈다. 아교는 마지못해 아호와 마주 앉아 식사를 하고 사람들을 보냈다. 아호는 혼자 자기 얼굴을 닦고 이보에게는 화장을 할 건지 묻지도 않았다. 아교는 그래도 이보에게 차를 따라주었다.

아호는 가죽상자를 열고 새 옷을 넣었다. 아교는 촛대를 들고 침이 마르듯 찬탄을 했다.

"이 은서는 정말 좋네요. 얼마예요?"

아호는 '흥' 하고 콧방귀를 뀌고 냉소를 지으며 말했다.

"이 옷을 입으려면 자고로 복이 있어야 해! 돈이 있어도 복이 없는데, 어떻게 입어봐."

이보는 침대에 누워서 못 들은 척했지만 속으로 화가 났다. 아교와 아호는 그래도 모르는 체했다. 자정이 되자 각자 방으로 자러 갔다. 이보는 밤새도록 눈을 붙이지 못했다.

---

1 소형 책자

2 청대(淸代) 원매(袁枚)가 쓴 책으로, 시인의 재능과 자질, 독서 및 사회실천에서부터 시의 장르, 시의 표현기법, 예술적 풍격, 감상, 선별, 시화작성 등에 이르기까지 시와 관련된 다방면을 다루고 있다.

3 '한매저화미(寒梅著花未)'는 당대(唐代) 왕유(王維)의 시 「잡시 삼(雜詩 三)」의 한 구절이다.

4 원매의 호이다.

5 서진(西晉) 유곤(劉琨)의 시「중증노심(重贈盧諶)」"백 번을 단련한 강철이 지금은 손가락에 감겨 있는 부드러운 실로 변할 줄을 어찌 생각했겠느냐(何意百煉鋼, 化爲繞指柔)"의 문장 중 하나이다.

6 오어(吳語)의 '삼(三)'의 발음은 '새(賽)'와 같고, '사(史)'는 '사(斯)'이다. '새(賽)'는 '뇌(賴)'의 압운이다. 그래서 조박재는 뇌공자(賴公子)를 삼공자(三公子)로 잘못 알아들은 것이다.[장]

62

침대에서 여자 하인을 몰래 만나다 단꿈에서 깨어나고, 부인이 되겠다는 사담이 벽 뒤로 새어나가다

偷大姐牀頭驚好夢 做老婆壁後洩私談

조이보는 밤새 생각을 하다 날이 밝자마자 헝클어진 머리로 아래층으로 살금살금 내려가 모친 홍 씨의 방문을 밀고 들어갔다. 홍 씨는 침대에서 코를 골며 자고 있었다. 그 옆 조박재의 작은 침대는 비어 있었다. 이보는 홍 씨를 부르며 물었다.

"오빠는요?"

"몰라."

이보는 틀림없이 그곳에 있을 것이라고 확신하고, 돌아서서 이 층으로 올라갔다. 이 층 정자간을 밀치고 들어가 아교의 침상으로 갔다. 휘장을 걷어 올리고 들여다보니 정말로 박재와 아교 두 사람은 머리를 맞대고 달달한 잠에 푹 빠져 있었다.

이보는 속에서 화가 치밀어 올라 사납게 두 사람을 밀치고 때리며 깨웠다. 박재는 홑이불을 잡아끌어 가리며 벌거벗은 몸으로 내려와 도망갔다. 아교는 부끄러워서 이불 속을 파고들며 얼굴을 내밀지 못했다.

이보는 욕을 퍼부으며 한바탕 야단을 치고 아래층 홍 씨의 방으로 돌아왔다. 홍 씨는 이미 옷을 입고 앉아 있었다. 이보는 눈을 부라리고 입술을 부르르 떨며 침대에 걸터앉았다. 홍 씨가 물었다.

"위층에 누가 있었어?"

이보는 대답은 하지 않았다. 이 일은 떠벌리지 않고 장계취계하기로 하고, 박재를 남경으로 보내 사삼공자 집을 찾아가서 확답을 받자고 홍 씨와 상의를 하였다. 홍 씨도 그 말을 따랐다. 이보는 큰 소리로 불렀다.

"오빠"

박재는 재빨리 와서 긴장하는 모습으로 한쪽에 섰다.

이보는 홍 씨에게 먼저 말을 꺼내라고 하였다. 홍 씨는 대충 말하고, 즉시 출발하라고 하였다. 박재는 따르지 않을 수 없었다. 이보는 다시 당부했다.

"오빠, 남경에 도착해서 사삼공자를 만나게 되면 그 자리에서 왜 서신이 없었는지, 언제 상해에 올 건지 반드시 물어야 해요. 잊지 마세요!"

박재는 그러겠다고 대답했다. 이보는 그제야 머리를 빗으러

偷大姐
牀頭
驚好夢
第六十二回
三十六

올라갔다. 이 층 자신의 방으로 돌아오니, 아교가 허리를 숙이고 눈물 콧물을 훔치며 바닥을 쓸고 있었다. 그러나 이보는 아예 신경 쓰지 않았다.

마침 이날 장강의 기선이 한밤중에 운행하여 박재는 저녁을 먹고 짐을 챙겨 홍 씨에게 여비를 받았다. 홍 씨는 지체하지 말고 다녀오라고 당부하였다. 그때 아호가 끼어들었다.

"나는 훤히 보이는데, 남경엔 뭐 하러 가요? 가더라도 절대로 사삼공자를 못 만나요. 사삼공자가 오지 않으려고 작심했다면, 만나봐도 소용없어요."

홍 씨가 말했다.

"저 사람은 믿지 않지만, 남경에 가서 소식을 듣고 나면 믿을 거야."

아호가 말했다.

"아가씨가 안 믿으면, 당신은 어머니 아니십니까, 깨우쳐줘야죠. 아가씨는 사삼공자가 올 거라고 알고 있으니까 꼭 소식을 들으려고 하는 거잖아요. 도대체 누구에게 물어볼 생각이세요? 사삼공자를 만났다고 칩시다. 물어보면, 안 올 거면서도 어떻게 입으로 안 간다고 말해요. 마지못해 간다고 하겠죠. 아가씨가 또다시 그 사람에게 속아서 계속 기다려 봐요. 연말까지 기다렸다간 정말이지 끝장이에요!"

홍 씨가 말했다.

"말이야 맞지만, 남경에 갔다 와서 다시 의논해."

아호가 말했다.

"그렇게 안 해도 나와는 상관이 없어요. 나야 삼사천이나 되는 빚이 걱정돼서 그러죠. 만약에 좀 못한 아가씨라면 난 그렇게 많이 챙겨주지도 않았어요. 내가 봤잖아요. 아가씨는 오월 한 달 동안 마작이다 술자리다 정말이지 시끌벅적했잖아요. 그러니 하루라도 빨리 사삼공자를 포기하고 조금만 더 장사에 정성을 쏟아서 연말에 조금씩 갚고 조금씩 빌리면 삼사천은 아무것도 아니에요. 그렇지만 계속 질질 끌면 손쓸 수 없게 돼요!"

홍 씨는 가만히 있고, 박재가 말했다.

"내가 소식 알아보러 갈게요. 만약 사삼공자가 오지 않으면 다시 장사를 하는 거죠 뭐."

아호는 냉소를 지으며 가버렸다. 박재는 여비를 챙겨 넣고 봇짐을 지고 작별인사를 하고 문을 나섰다.

하룻밤을 보내고 이보는 아호에게 동합흥리의 오설향의 집으로 가서 소매저를 불러오라고 했다. 아호는 일이 탄로 날 것을 알았지만 대답을 하고 나갔다. 이보는 할 말을 생각했다가 홍 씨에게 여러 말 할 것 없이 일러준 대로만 말하라고 하였다.

잠시 후, 아호는 소매저를 데리고 와서 홍 씨에게 인사를 시켰다. 이보는 웃음을 머금고 자리를 권했다. 홍 씨가 말했다.

"이번 달 말, 우리 가족 모두 사삼공자를 찾아 남경에 가려고 하네. 아교에게 다른 일 찾으라고 하게. 연말까지는 한 달에 일 원씩 주겠네."

소매저는 그 말을 듣고 잠시 멍하니 있다가 말했다.

"그러면 그때 나가라고 하면 되잖아요."

이보가 끼어들었다.

"이제 장사는 안 해요. 일이 전혀 없으니까 아교가 여기서 할 일도 없어요. 일찍 나갈수록 더 일찍 일을 찾을 거 아니에요?"

소매저는 할 말이 없어 아교에게 짐을 싸라고 했다. 이보는 홍 씨에게는 소매저에게 삼 원을 주라고 하고, 또 하인에게는 짐을 들어주라고 했다. 소매저는 아교를 데리고 작별인사를 하고 떠났다.

잠시 후 재봉사 장 씨가 바느질삯을 지불해달라고 왔다. 이보는 또다시 홍 씨에게 십 원을 지불하라고 했다. 아호는 이보를 등지고 조용히 홍 씨에게 말했다.

"일일이 아가씨 말을 들어주니까 아가씨가 현실감이 없지요. 지금 돈이 얼마나 있다고 또 옷을 만들어요! 이런 옷은 시집가게 되면 그때 만들면 되지 뭐가 그리 급해요!"

홍 씨가 말했다.

"나도 이야기했지. 그 애가 호피 옷만 만들면 그만한대."

아호는 크게 한숨을 쉬고 그냥 내버려두었다.

그런데 뜻밖에 다음 날 아침, 소매저가 다시 아교를 데리고 홍 씨의 방으로 찾아왔다. 소매저는 아교를 손으로 가리키며 홍 씨에게 말했다.

"저 애는 내 외질녀예요. 그래서 저 애 부모가 일거리를 찾아달라고 나에게 부탁했었죠. 그런데 저 애는 노력하지도 않고, 게다가 부끄러운 짓까지 저질러서 나도 저 애 부모들 볼 낯이 없어요. 내가 편지를 써서 그들을 불러 올렸으니, 직접 저 애를 부모에게 넘기세요. 난 상관하지 않을 거예요."

홍 씨는 어리둥절하여 물었다.

"무슨 말을 하는지 도무지 모르겠네."

소매저는 나가면서 말했다.

"몰라요. 아교에게 물어보세요. 그 애가 말해줄 거예요."

이보는 이 층에서 막 일어났다가 소리를 듣고 곧장 쫓아 내려왔다. 소매저는 이미 가버리고, 아교만 벽을 향해 얼굴을 묻고 훌쩍이고 있었다. 이보는 속이 부글부글 끓어올라 한참을 뚫어져라 쳐다보았지만 어찌 할 방법이 없었다. 홍 씨는 아교에게 물어보려고 다그쳤다. 이보가 말했다.

"뭐 하러 물어봐요!"

이틀 전의 일을 직접 말해주었다. 그제야 홍 씨는 초조해져서 박재가 철없이 행동해서 괜히 화를 불러왔다고 욕을 퍼부었다.

이보는 아호를 불러 소매저에게 약간의 위자료를 주겠으니 아교를 데려가라고 전하라 했다. 아호가 말했다.

"소매저는 됐고, 먼저 아교에게 물어볼게요."

아교를 한쪽으로 잡아끌고 가서 시시콜콜하게 한참을 물었다. 아호는 웃으며 말했다.

"그럴 줄 알았어. 두 사람은 벌써 말이 오고 갔어요. 혼인을 시켜주면 돈도 필요 없고, 아교 부모가 오는 대로 혼례를 올리면 되겠어요."

홍 씨는 기뻐하며 말했다.

"그러면 자네가 중매인이 되어주게."

이보는 펄쩍 뛰며 소리를 질렀다.

"말도 안 돼요! 저 수치심도 모르는 어린 계집애를 내 올케로 삼으란 거예요."

홍 씨는 멀뚱히 보기만 하고 결정을 내리지 못했다. 아호가 나서며 말했다.

"기루를 운영하는 사장이 하인을 데려가 마누라로 삼는 게 안 될 것도 없지요."

이보는 큰 소리를 쳤다.

"난 싫어!"

홍 씨는 하는 수 없이 오십 원을 내주며 아호에게 소매저와 대화를 해보라고 했다. 이보는 부득부득 이를 갈며 원망했다.

"오빠라는 사람은 원래부터가 부랑자야! 삼공자는 총관의 딸을 오빠에게 주려고 했는데, 체면을 차려야지. 뭘 그렇게 기다리지도 못하고 냄새나는 하녀와 부부가 되겠다는 거야!"

홍 씨는 그 말을 듣고 비록 좋았지만, 소매저가 괜한 참견을 할까 걱정이었다. 아호가 돌아오기를 기다렸다가 어떻게 되었는지 다급하게 물었다. 아호는 고개를 흔들며 말했다.

"안 됐어요! 소매저가 '그 집 딸은 얼굴이 반반하게 생겨서 기루 아가씨 노릇을 하고, 아교도 마찬가지로 누군가의 딸이지만 얼굴이 못나서 하녀가 됐을 뿐이에요. 아가씨는 머리 얹을 때나 하룻밤 잘 때 얼마를 요구하잖아요. 하녀도 마찬가지예요. 그 집 아들에게 몇 달을 시달렸는데, 지금 오십 원이라고 했어요? 거저 먹겠다는 거예요?'라고 하더군요."

홍 씨는 정말로 겁이 나서 이보를 쳐다보며 묘안을 기다렸다. 이보가 말했다.

"그 부모들 오면 그때 봐요."

홍 씨는 소심한 사람이라, 전전긍긍 불안해했다.

순식간에 사흘이 지나가자, 박재가 남경에서 돌아왔다. 홍 씨는 그를 보자 원망을 쏟아냈다. 이보는 발을 동동거리며 말했다.

"어머니, 먼저 오빠 말 좀 들어봐요!"

박재는 짐을 내려놓으며 말했다.

"사삼공자는 오지 않아. 내가 취보문(聚寶門)[1]을 들어가 사삼공자 관사를 찾아갔는데, 문 앞에 일고여덟 명의 집사들이 있었지만 모두 모르는 사람들이어서 처음에 소왕을 찾으러 왔다고 하니까 아예 무시하더군. 그래서 내가 제 대인이 보낸 심부름꾼이라며 삼공자를 만나야 한다고 하니까, 그때서야 나를 방으로 안내하며 삼공자는 상해에서 돌아오자마자 정혼하고, 지금은 양주로 갔고 소왕도 따라갔다고 하는 거야. 십일월 이십 일에 양주에서 혼례를 올리고 한 달 지나야 돌아온다고 말해줬어. 그러니까 오지 않는다는 거지."

이보가 듣지 않으면 좋았을 것을 그만 듣고 말았다. 눈앞이 칠흑같이 캄캄해지고 정수리에서 '왕' 하는 소리가 나더니, 몸을 가누지 못하고 흔들거리다 풀썩 쓰러졌다. 사람들이 깜짝 놀라 소리를 지르며 그녀를 부축했다. 이보는 입안에 거품을 물고 정신을 잃었다. 마침 소매저가 아교의 부모를 데리고 문을 들어서다 이런 광경을 보고, 입을 열 틈도 없이 달려가서 도왔다.

홍 씨는 눈물을 줄줄 흘리며 울부짖었다. 박재와 아호는 이보의 양쪽에서 인중을 누르고 생강탕을 먹인다고 난리법석도 이만저만이 아니었다.

잠시 후, 이보는 입에서 가래를 뱉고 의식을 되찾았다. 사람들이 왁자지껄 떠들썩거리며 이보를 들어 올리려고 하자, 아호가 소매를 걷어올리고 허리를 끌어안고 한걸음 한걸음 옮기며 계단을 올라갔다. 사람들도 떼를 지어 방으로 따라와 침대에 눕히고 이불을 꺼내어 덮어주었다. 그리고 사람들은 하나둘씩 나가고 홍 씨만 혼자 남아 시중들었다.

이보는 점점 기운을 회복하였다. 눈을 뜨고 물었다.

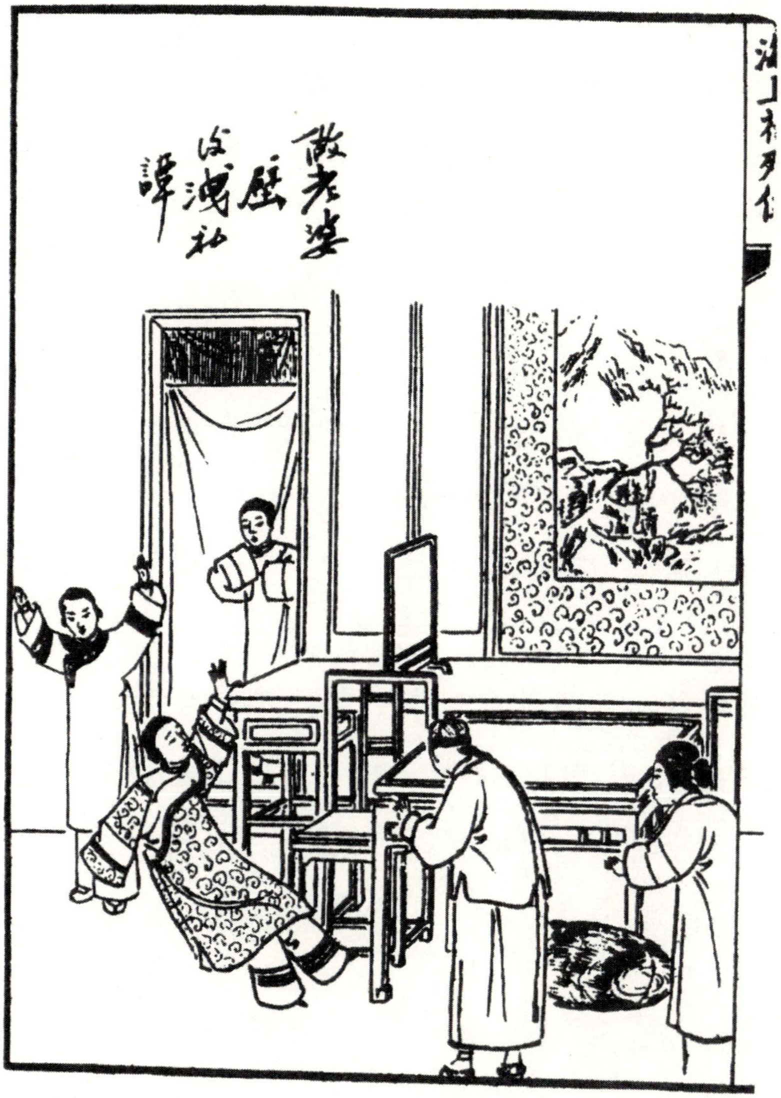

"엄마, 뭐하고 있어요?"

홍 씨는 이보가 깨어난 것을 보고 약간 마음을 놓으며 '이보야' 하고 부르며 말했다.

"놀래켜 죽일 셈이냐, 정말 왜 이래?"

이보는 그제야 방금 전 박재가 한 말을 한마디도 빠짐없이 생생하게 기억해냈다. 마음은 비통하지만, 어머니가 걱정할까 봐 있는 힘을 다해 견뎠다. 홍 씨가 물었다.

"힘들지?"

"지금은 괜찮아요. 어머니는 내려가세요."

"아니야. 아교 부모가 아래층에 있잖아."

이보는 미간을 찌푸리고 고심하다 한숨을 쉬며 말했다.

"지금은 오빠가 아교와 혼인해야죠. 그쪽 부모도 여기에 있으니 엄마가 아호에게 혼인 이야기를 해달라고 해요."

홍 씨는 그러겠다고 하고 바로 아호를 불러올려서 아교의 부모에게 혼례 이야기를 하라고 했다. 아호가 말했다.

"말이야 할 수 있지만, 그쪽에서 어떻게 나올지 모르겠어요."

이보가 말했다.

"부탁할게요. 잘 좀 말해줘요."

아호는 등을 떠밀려 마지못해 하는 듯 일단 이야기하러 내려갔다. 그런데 아교의 부모는 선량하고 유약한 시골 사람들이라 전혀 속일 뜻이 없었다. 아호의 말을 듣자마자 흔쾌히 허락하였고, 더욱이 전혀 까다롭게 굴지도 않았다. 그러니 소매저도 중간에서 훼방 놓을 수도 없었다. 홍 씨와 박재는 당연히 기분이 좋았고 이보만 더욱 비참해졌다.

그때 아호가 홍 씨를 부르러 왔다.

"이제 사돈이 되었으니, 대접을 해야지요."

"사위가 대접하고 있을 텐데, 난 안 가."

이보가 설득에 나섰다.

"어머니, 대접을 하러 가셔야죠. 전 많이 좋아졌어요."

홍 씨는 그래도 주저했다. 이보가 말했다.

"안 가신다면 제가 갈게요."

그리고 억지로 일어나 앉으며 머리를 말아 올리고, 침대에서 내려오려고 하였다. 홍 씨는 재빨리 말리며 말했다.

"내가 갈게. 넌 계속 자."

이보는 웃으며 다시 누웠다. 홍 씨는 아호에게 방에서 시중을 잘 들라고 당부하며 아래층으로 가서 아교의 부모를 대접했다.

이보는 아호에게 손짓으로 가까이 오라고 해서 침대에 바짝 붙어 앉아 가게 빚을 어떻게 갚을지 의논했다. 아호는 이보의 마음이 바뀐 것을 보고 세세하게 계획을 짰다. 물릴 것은 물리고, 물리지 못하는 것은 팔거나 저당 잡히더라도 그렇게 손해를 보지 않을 수 있었다. 다만 의상은 손해가 많고 처리하기가 제일 곤란했다. 그래서 이보는 의상은 남겨두고 나머지는 모두 아호가 하자는 대로 빚을 갚을 생각이었다. 이렇게 합해보니 그래도 천 원 조금 넘는 돈이 비었다. 아호가 말했다.

“오월같이 장사가 되면 천 원 버는 것은 아무것도 아니에요. 연말까지 하면 싹 갚을 수 있을 거예요.”

“호피 망토 한 벌이 오늘 만들어진다고 하던데, 장 씨에게 내일은 안 된다고 알려줘요.”

“아가씨는 뭘 해도 정말 급하게 해요. 옷 만드는 것 봐요. 꼭 망토를 만들려고 하지 않아도 되죠. 호피 양말을 만드는 것도 괜찮잖아요?”

“그만해요.”

아호는 머쓱해서 중간 방으로 가서 장 씨에게 전달해주었다. 장 씨는 알았다고 말은 했지만 다른 재봉사들은 재미삼아 일부러 놀렸다. 이보는 안에서 그 말들을 못 들을 리가 없었지만 이것을 문제 삼을 기운이 없었다.

저녁이 되자, 식사를 하고 홍 씨는 그래도 마음을 놓지 못해서 직접 이보를 보러 왔다. 아교 부모들은 원래 타고 온 배를 타고 고향으로 갔고, 아교는 남아서 시중을 들며 봄에 혼례를 올리기로 약속했다고 말해주었다. 이보는 알았다고만 했다. 홍 씨는 이것저것 물어보며 세심하게 위로해주고 나서 자러 갔다. 이보는 아호도 자러 가라고 보내고 문을 닫고 혼자 남아 침대에 누웠다.

이제야 처음부터 생각을 떠올릴 수 있었다. 사삼공자를 처음 만났을 때 어떻게 서로 눈빛을 주고받으며 마음을 허락했는지, 혼인을 약속한 순간 어떻게 의기투합하였는지, 그 이후 순간순간 서로를 대할 때 얼마나 정답고 자상했는지, 평상시의 태도와 행동은 또한 얼마나 온화하고 관대하며 온순했는지. 고귀함은 상해 조계의 기루에 만연한 경박하고 방탕한 악습을 일소하고도 남았다. 그런데 그런 그가 맹세와 신의를 저버리는 것은 화류계의 자제보다 더욱 심한 것이었다. 여기까지 생각이 미치자 비통하고 처참하여 원망이 목구멍으로 차올라 더 이상 감정을 누를 수도 감출 수도 없었다. 흐느끼는 소리는 울음소리와 비할 바가 아니었다. 울음이 갑자기 터져 나왔다가 갑자기 잦아들었고, 또 갑자기 끊겼다가 갑자기 이어지고, 참으로 말로 형언할 수 없을 정도였다.

이보는 밤새도록 울었다. 그러나 아무도 그 울음소리를 듣지 못했다. 아호는 문을 열고 방으로 들어와서 이보가 침대에 앉아 있는 모습을 보았다. 이보의 눈이 호두알처럼 퉁퉁 부어 있었다. 아호는 말을 붙이려고 물었다.

"잠은 좀 잤어요?"

이보는 대답은 하지 않고 아호에게 세숫물을 준비하라고 했다. 이보는 자리에서 일어나 세수를 하고 아교는 탁자와 의자를 닦았다. 아호는 머리 빗는 도구를 가져와 이보의 머리를 빗겨주었다.

이보는 분을 바르고 연지를 바르며 새롭게 화장을 하고 홍 씨를 만나러 아래층으로 갔다. 홍 씨는 잠에서는 깨어났으나 침대 안쪽을 향해 누워 있었다. 신음소리가 들리는 것 같았다. 이보는 조용히 '어머니' 하고 불렀다. 홍 씨는 몸을 돌려 보고 말했다.

"왜 일어났어? 몸이 안 좋으면 더 자."

"괜찮아요."

이보는 거절하며 일을 하겠다고 말했다.

"그래도 며칠 더 쉬는 것도 좋아. 이제 조금 나아졌을 뿐이야. 무리하면 안 돼. 만약에 밤에 나갔다가 또다시 감기라도 들면 안 되잖아."

"어머니, 저만 생각할 수는 없어요. 지금 가게 빚만 삼사천이에요. 일하지 않으면, 갚을 돈이 어디서 생겨요? 저는 상해에 꼼짝없이 잡혀버린 것 같아요!"

이 말을 하다 말고 순간 목이 메여 더 이상 이어가지 못했다. 홍 씨는 괴로우면서도 다급하여 떨리는 목소리로 물었다.

"일을 한다고 해도, 삼사천을 어떻게 하루아침에 갚아?"

이보는 긴 한숨을 쉬고 현금을 만들기 위해 아호와 의논을 했다고 말해주었다.

"어머니는 더 이상 상관 말아요. 제가 있는 한 어쨌든 괜찮아요. 어머니 마음이 나아져야 제 마음도 그나마 낫죠. 저 때문에 힘들어하지 말아요."

홍 씨는 알겠다고만 대답했다. 이보가 그제야 물었다.

"어머니, 왜 못 일어나세요?"

홍 씨는 머리가 아프다고 했다. 이보는 이불 속에 손을 넣어 홍 씨의 몸을 만져보았다. 약간 열이 있는 것 같았다. 이보가 말했다.

"한열인 것 같아요."

"나도 조금 열이 있는 것 같아."

"선생 불러다 약 좀 지을까요?"

"무슨 선생을 불러! 잘 좀 덮어줘. 땀내고 나면 나아질 거야."

이보는 솜이불을 꺼내어 머리를 돌돌 싸서 덮어주고, 이불 모서리를 꼭꼭 눌러서 홍 씨가 안심하고 자도록 해주었다. 이보는 이 층 방으로 돌아와 다시 아호와 상의를 했다. 정오가 되어 아호는 가게 빚을 정리하러 가서 그 길로 손님을 청했다.

이 소식은 순식간에 퍼져 모르는 사람이 없을 정도였다. 사흘이 되기도 전에 진소운의 귀에 들어갔다. 그는 깜짝 놀랐다. 사삼공자가 이보를 가볍게 대하지 않고 부인으로 삼으려는 것은 좋은 일이라고 생각했는데, 이렇게 이보가 다시 기루 생활을 하려는 것이 도무지 이해가 되지 않았다. 그 연유를 자세히 알아보고자 삼마로를 지나는데, 마침 우연히 홍선경을 만났다. 소운이 찻집으로 가서 이야기를 나누자고 하니 선경이 말했다.

"그러면 차라리 쌍주 집으로 가서 잠시 앉아."

그래서 두 사람은 공양리 남쪽으로 들어가 주쌍주의 집으로 갔다. 마침 이 층의 모든 방에는 차 마시는 손님들이 있어서 아덕보는 아래층 주쌍보의 방으로 그들을 모셨다. 쌍보가 나와 그들을 맞이하며 자리를 안내했다. 소운은 조이보가 다시 일을 하게 된 소식을 선경에게 말해주었다. 선경은 박장대소하며 말했다.

"자네처럼 총명한 사람이 그 사람에게 속았구만! 난 처음부터 믿지 않았어. 사삼공자가 어디 혼처가 없어서 기녀를 부인으로 삼겠나."

쌍보도 옆에서 박장대소를 하며 말했다.

"왜 다들 아가씨들이 부인이 되려고 안달이죠? 처음에는 이수방이 부인이 되려다가 죽었고, 지금은 조이보도 성공 못했잖아요. 우리 쪽에서 부인이 되려고 하면 세 번째네요."

소운은 무슨 말인지 몰라서 세 번째가 누구인지 물었다. 쌍보는 입을 쫑긋하며 말했다.

"우리 쪽의 쌍옥이 주 도련님의 부인이 되려고 하잖아요."

소운이 말했다.

"주 도련님은 정혼했잖아."

쌍보는 일부러 웃기만 하고 말을 잇지 않았다. 선경이 다급하게 손을 내저으며 그만하라고 했다. 고개를 들어보니, 주쌍옥이 눈앞에 있었다. 쌍보는 깜짝 놀라서 웃음을 거두고 뒷걸음쳤다. 선경은 상황이 심상치 않다는 걸 알았으나 순간 다른 말이 생각나지 않았다. 소운은 분위기 파악을 못했다. 모두들 멍해져서 두 눈만 동그랗게 뜨고 서로를 멀뚱멀뚱 쳐다만 보았다.

---

1 聚寶門 : 남경 중화문으로, 명대(明代) 주원장이 남경의 정남쪽에 세운 문이다.

63

여우겨드랑이 털을 모아 모피를 만들 듯 좋은 인연을 맺고, 꽃을 옮겨 심고 나무를 접붙이듯 묘한 계획을 안배하다

集腋成裘良緣湊合 移花接木妙計安排

주쌍주, 주쌍옥의 방에서 차를 마시는 손님들은 뇌공자, 화철미, 교노사, 교노칠(喬老七) 네 사람이었다. 교노사는 원래 주쌍주의 손님이어서 동생 교노칠을 위해 주쌍옥을 몇 번 불렀었다. 그래서 네 사람은 비록 같이 왔지만 두 방으로 나누어 들어갔다. 홍선경과 진소운이 왔을 때, 뇌공자는 주쌍주와 이야기를 하고 있었다. 쌍주는 선경이 단골손님이어서 굳이 급하게 내려와 접대하지 않았다. 그래서 계속 손짓 발짓까지 해가며 입에서 나오는 대로 이야기를 이어갔다.

주쌍옥은 주숙인에게 보낼 서신을 선경에게 부탁하려고 혼자 먼저 내려갔다. 쌍옥은 주쌍보의 뒷방으로 들어가다 진소운과 주쌍보의 대화를 듣게 되었고, 홍선경이 손을 내젓는 모습을 보게 되었다. 쌍옥은 순간 깜짝 놀라며 자초지종을 따지려고 했으나 다시 한번 생각을 해보았다. 아마도 주숙인의 정혼은 비밀로 되어 있을 테니 당장 물어볼 수는 없다고 생각했다. 그래서 천천히 걸어가서 휘장을 걷어 올리며 진소운과 홍선경에게 인사를 하고 옆에 앉아 전혀 내색하지 않고 시중을 들었다.

잠시 후, 주쌍주가 방으로 들어왔다. 쌍옥은 그 틈에 이 층으로 올라갔다. 저녁에 손님들이 나가고 문을 잠그고 나서야 주쌍옥은 혼자 주란에게 가서 '엄마' 하고 불렀다. 주란은 온화한 얼굴로 쌍옥에게 앉으라고 했다. 쌍옥은 완곡하게 돌려 말했다.

"엄마에게 기녀로 팔려 온 이후로 엄마를 위해서 일했어요. 엄마 말고 친척이라곤 아무도 없으니 일하는 것 외에는 다른 생각은 아예 안 했죠. 이제 주 도련님이 정혼을 했으니, 엄마 일이 생겼네요. 엄마가 도련님을 초대해주시면, 제가 면전에서 그 사람에게 물어볼 게요. 그 사람이 엄마에게 돈을 안 줄까 봐 저를 속인 거예요? 아님 돈을 많이 주면 사양하려고 하셨어요?"

"속인 게 아니야. 주 도련님 말 때문이었어. 혹시 네가 정혼 사실을 알게 되면 기분이 나빠질 테니 말하지 말라고 했었어."

"엄마, 지금 농담하세요! 제 손님이 얼마나 많은데, 주 도련님보다 사이좋은 손님도 많아요. 근데 제가 시집갈 데 없을까 봐요? 제가 왜 기분이 나빠져요?"

주란은 이 말을 듣고 자기도 모르게 실소를 하고 그제야 팔월 말 주숙인이 여전홍의 딸과 정혼을 결정한 사실을 빠짐없이 말해주었다. 쌍옥은 두 달 동안 늘 쌍보가 큰 마누라가 어쩌고저쩌고 했던 말들이 생각났다. 그 모든 게 자기를 조롱하는 것임을 알게 되었다. 속에서 분노가 쌓이고 쌓여 눈물을 참지 못하고 울음을 터뜨리고 말았다.

주란은 순간 자기가 실언했음을 후회했지만, 쌍옥의 말을 듣고만 있어야 했다.

"저와 언니는 일을 하면서 엄마에게 효도했고 엄마도 저한테 싫은 소리 한 마디 한 적 없었어요. 근데 쌍보에게 화가 나서 견딜 수 없어요. 쌍보는 일은 전혀 하지 않으면서 우리 두 사람이 엄마에게 효도한 돈을 가져다가 밥 사 먹고, 옷 사 입고, 아무 하는 일 없이 앉아서 나에게 쓸데없는 말을 하거나 나를 조롱하거나 욕할 생각만 하고 있잖아요!"

쌍옥은 이 말을 하다 말고 얼굴을 가리고 흐느껴 울었다. 주란이 말했다.

"쌍보가 어디 감히 너를 욕해."

쌍옥은 쌍보가 근거 없는 소문들을 계속 퍼뜨리고 있다는 이야기를, 사실인 양 자극적인 말을 덧붙여서 세세하게 말해주었다. 주란은 화가 나서 '쌍보' 하고 큰 소리로 불렀다. 쌍보는 벌벌 떨며 달려왔다. 주란은 물어보지도 않고 담뱃대를 움켜쥐고 때렸다. 그러자 오히려 쌍옥이 한 손으로 붙잡으며 말렸다.

"엄마, 그만해요. 지금 쌍보를 때리면, 나중에 쌍보에게 또 욕먹어요. 엄마는 아무것도 몰라요! 엄마가 쌍보를 좋아하면, 아주 쉽잖아요. 쌍보를 원래대로 이 층 방으로 보내고, 저는 그냥 요이 기루에나 보내서 일 시키면 그만이에요. 그러면 제게 말하는 사람도, 욕하는 사람도 없으니 마음은 좀 편안할 거고, 열심히 일해서 엄마에게 효도할 수 있어요."

주란은 더 화가 나서 담뱃대를 내려놓고 물었다.

"내가 왜 쌍보를 좋아해? 네 언니가, 일이 바쁘면 쌍보가 대신 술자리에 가는 것도 괜찮다고 해서 그런 거지. 안 그랬으면 쌍보는 진작 쫓겨났어. 내가 쌍보를 왜 좋아해?"

쌍옥은 냉소를 지으며 말했다.

"엄마, 말로는 쌍보를 쫓아낸다고 하지만 지금까지 쌍보는 쫓겨나지 않았잖아요. 이게 쌍보를 좋아하는 게 아니에요?"

주란은 화를 내며 말했다.

"그건 문제도 아니야. 더 이상 너한테 쓸데없는 말 하지 못하도록 내일 당장 쌍보를 내보낼게."

"엄마, 화내지 말아요. 저나 쌍보나 모두 엄마가 사 온 사람들이고, 좋아하든 싫어하든 나가야 한다면 상의를 해서 보내면 돼요. 급할 건 없잖아요?"

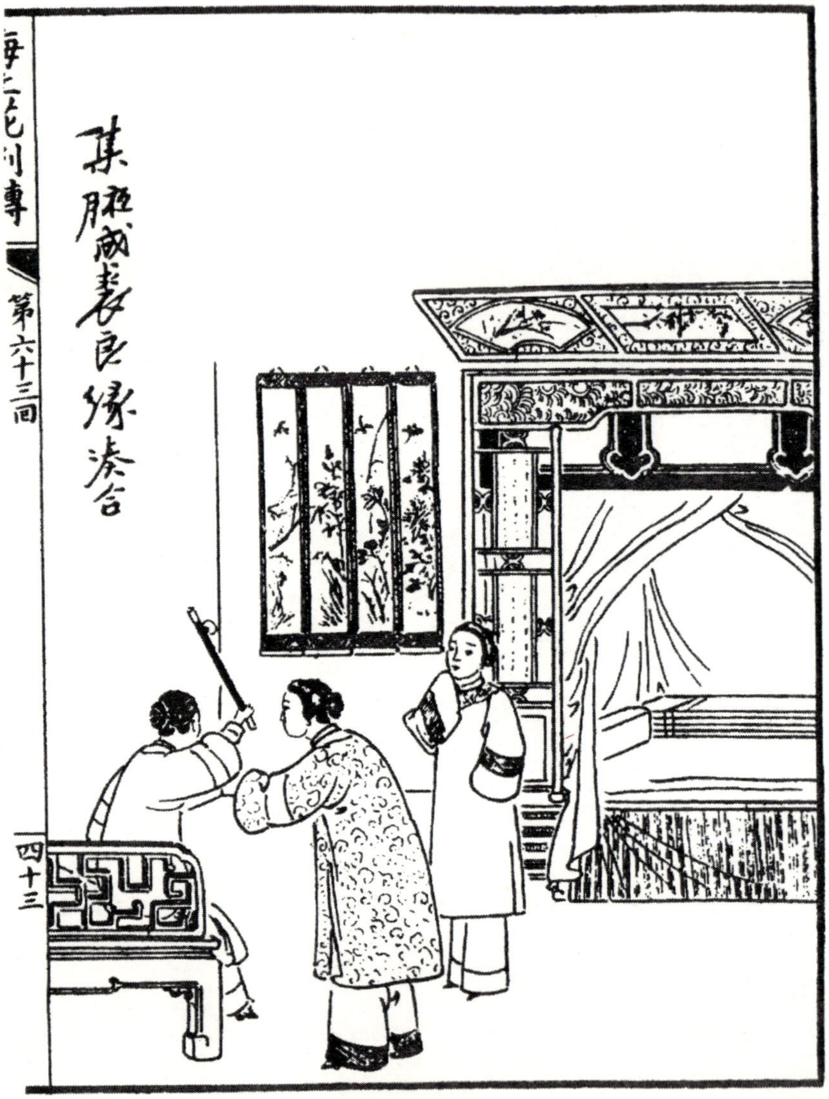
集腋成裘良緣湊合
海上花列傳
第六十三回
四十三

주란은 잠시 생각해보더니, 노기를 조금 가라앉히고 쌍보에게 썩 나가라고 소리쳤다. 쌍옥에게는 어떻게 할지 조용히 물었다. 쌍옥이 말했다.

"엄마도 직접 계산해보세요. 쌍보가 들어올 때 몸값 삼백 원을 까먹었다고 생각하시잖아요. 지금 쌍보는 여기서 아무 일도 없이 방에 가만히 앉아 저랑 똑같이 돈을 쓰고 있어요. 이렇게 몇 년을 보낸다고 해봐요. 꽤 많은 돈을 까먹는 거 아닌가요? 제 계산으로는 차라리 쌍보를 내보내는 게 좋아요."

주란은 고개를 끄덕였다. 쌍옥이 또 말했다.

"언니가 바쁠 때면 쌍보가 대신 나갔지만, 제 일도 고만고만하잖아요. 쌍보가 나가고 나면 제가 대신 하면 돼요."

주란은 또 고개를 끄덕였다. 그리고 주란은 쌍옥과 의논한 끝에 쌍주 모르게 쌍보를 황이저의 집으로 팔아넘기기로 했다.

다음 날, 주란이 아주에게 황이저의 집으로 가서 이야기를 해보라고 했다. 쌍주가 이상하게 여겨 무슨 일인지 물었다. 그 이유를 알게 되자 쌍주가 말렸다.

"엄마, 엄마도 좋은 일 좀 해요! 황이저라는 사람은 엄마와 비교도 안 돼요. 쌍보가 그 집에 갔다간 죽어요! 엄마가 정말 쌍보를 데리고 있지 않겠다면 다시 상의해요. 남화점의 예(倪)씨라는 손님, 쌍보에게 잘하잖아요. 내가 그 사람 초대할 테니 물어봐요. 원하면 그 사람에게 시집보내요. 시집도 가고, 몸값도 손해 보지 않고. 안 그래요, 엄마?"

주란은 일리가 있다고 생각하고 아주를 도로 불러들이고, 아덕보에게 쌍보 명함을 주며 남시 광형남화점의 주인 아들 예 씨를 초대하라고 했다. 쌍옥은 이런 방법이 오히려 쌍보에게 좋은 인연을 만들어준다는 생각에 억울했지만, 쌍주가 낸 의견이라 거스를 수 없었다.

잠시 후, 그 예 씨라는 손님이 아덕보를 따라 들어와 쌍보의 방에 앉았다. 주란은 나가 그를 맞이하며 그 자리에서 혼담 이야기를 바로 꺼냈다. 예 씨는 진심으로 기뻐하며 두말없이 승낙했다. 잠시 후 몸값 삼백 외에 혼례비 이백이 있어야 하는데, 순간 어떻게 변통해야 할지 생각하니 다시 망설여졌다. 쌍보는 혼사가 이루어지지 않을까 아주 조급해졌다. 그래서 몰래 쌍주에게 도움을 청하러 갔다. 쌍주는 유난히 그녀를 가엾게 여겨 도와주려고 특별히 홍선경과 교노사 등 몇 명의 단골손님을 청하여 이 사실을 알리며, 조금씩 힘을 합쳐 쌍보를 도와주자고 했다. 모두들 흔쾌히 선행에 참가했다. 홍선경은 다시 주숙인에게 알렸다. 주숙인도 쌍옥은 모르게 해달라고 부탁하며 조금 보태었다.

얼마 지나지 않아 혼례를 올리는 날이 되었다. 예 씨는 군악대를 고용하고 등롱과 꽃가마를 들고 와서 신부를 맞이했다. 여염집 혼례식과 똑같이 웃어른과 가족들에게 절을 하고, 조상에게 고하며, 합근하고, 신방에 들어가는 등 정실을 맞이하는 예를 갖추었다. 그리고 사흘 후 쌍보는 친정으로 돌아왔다. 예 씨도 함께 주란의 앞에 서서 '장모님' 하며 큰절을 하였다. 주란은 당황하여 서둘러 신발과 모자를 사서 선물로 주고 잔치상을 성대하게 준비하여 대접하였다. 두 사람은 저녁에 돌아갔다.

쌍보가 출가한 후부터 쌍옥은 적이 없어졌으니 당연히 무사평안 하였다. 주란은 쌍옥에게 손님을 받으라고 하고 싶었으나 아직 말을 꺼내지 못했다. 쌍옥은 이미 눈치를 챘지만 속으로 계획을 하나 세우고 있었다. 먼저 부엌의 부뚜막으로 가서 속을 파낸 배(梨) 안에 키우고 있던 귀뚜라미를 풀어주었다. 그리고 아덕보에게 소주 한 병을 사 오라고 했다.[1] 말인즉 옷에 낀 아편 연기 때를 씻으려고 한다는 것이었다. 그런 다음 아주에게 주 도련님을 초대해 오라고 했다.

주숙인은 정혼한 일이 이미 새어 나갔다는 사실을 들었던 터라, 이번에는 당연히 한바탕 소란이 일어날 것이라고 생각했다. 그러나 마냥 피할 수만은 없었다. 마지못해 불안한 마음으로 쌍옥을 만났다. 숨을 곳이 없을 정도로 부끄럽고 미안했다. 그러나 쌍옥은 의연하게 웃으며 그를 맞이하며 손을 잡고 자리에 앉혔다. 얼굴빛은 평상시처럼 도도했다. 숙인은 쌍옥이 어떤 생각을 하고 있는지 도무지 알 수가 없어서 말 한마디 없이 조용히 있었다. 등을 올릴 때가 되자, 숙인은 작별인사를 고하고 돌아가겠다고 했다. 쌍옥은 옷자락을 잡아끌며 부드러운 말투로 하룻밤 자고 가라고 붙잡았다. 숙인은 쌍옥의 뜻을 거절할 수 없어 그러겠다고 고개를 끄덕였다.

잠시 후 술자리에서 부르는 국표가 속속 올라왔다. 쌍옥은 옷을 갈아입고 나갔다. 교건만 방에 남아 숙인의 저녁 시중을 들어주었다. 쌍옥이 돌아오자 이제는 차 마시는 손님들이 찾아왔다. 한 팀, 한 팀 접대하느라 분주했다. 열두 시가 되자 손님들이 뜸해졌다. 아주는 정리를 하고 숙인에게 방으로 들어오라고 하고 나갔다.

쌍옥은 직접 앞 뒤 방문을 닫고 빗장을 걸어 잠그고 돌아보았다. 숙인은 신발을 벗고 침대에 올라가고 있었다. 쌍옥이 웃으며 말했다.

"조금 있다 주무셔요. 할 일이 있어요."

숙인은 의아해하며 무슨 일인지 물었다. 쌍옥은 숙인 가까이 다가와 침대 가장자리에 나란히 걸터앉았다. 쌍옥은 살짝 하품을 하고 두 손으로 숙인의 어깨를 감쌌다. 그리고 숙인의 오른손으로는 자신의 목을 감게 하고, 왼손을 자신의 가슴에 얹으라고 했다. 쌍옥은 숙인의 얼굴을 마주하고 물었다.

"제가 칠 월에 일립원에서 지금처럼 앉아서 한 이야기, 기억나세요?"

숙인은 그것이 부부의 인연을 맺어 생사를 함께하겠다는 맹세라는 것을 알고 있었지만 눈을 멀뚱히 뜨고 입을 헤 벌린 채로 대답을 하지 못했다. 쌍옥은 계속 캐물었다. 숙인은 하는 수 없이 '기억나'라고 얼버무리듯 대답했다. 쌍옥은 웃으며 말했다.

"당신도 잊지 않았을 거라고 생각했어요. 저한테 좋은 게 있는데, 마실래요?"

그리고 옷장 서랍에서 찻잔 두 개를 꺼내어 까만 즙을 가득 채웠다. 숙인은 깜짝 놀라며 물었다.

"뭐야?"

쌍옥이 웃으며 말했다.

"당신이 마시면 저도 당신 따라 마실게요."

숙인은 고개를 숙여 냄새를 맡아보았다. 소주에서 톡 쏘는 냄새가 확 올라와서 당황하며 물었다.

"술에 뭘 넣은 거야?"

쌍옥은 잔을 들어 숙인의 입술에 갖다 대고 웃으며 말했다.

"마셔요."

숙인은 혀끝으로 조금 맛을 보았다. 맛이 아주 쓴 게 아편연 같아서 얼른 손으로 밀쳤다. 쌍옥은 숙인이 마시려고 하지 않자 숙인의 코를 막고 입을 벌려 억지로 반 정도를 부었다. 숙인은 목 뒤로 넘기다가 그만 침대로 넘어졌다. 맛이 쓰고 매웠다. 그래서 필사적으로 뱉었다. 그러자 마치 붉은 비처럼 이불에 점점이 흩뿌려졌다. 숙인은 겨우 몸을 일으켜 세워 다시 토하려고 하는데, 쌍옥이 그 잔을 들어 작은 입을 벌려 꿀꺽꿀꺽 힘겹게 삼키는 것을 보았다. 숙인은 소리칠 틈도 없이 몸을

移花接木妙計安排

날려 잔을 빼앗아 바닥에 내동댕이쳤다. 쨍그랑 소리와 함께 깨졌다. 쌍옥은 다시 숙인이 남겨 놓은 잔을 낚아채려다 그만 숙인에게 빼앗기고 말았다. 숙인은 그 잔을 쏟으며 소리를 질렀다.

아래층에서 주란은 잔이 깨지는 소리를 들었지만 개의치 않다가 숙인의 고함소리를 듣고 이상해서 촛불을 들고 이 층으로 올라와 살폈다. 숙인은 얼른 빗장을 풀고 주란을 방으로 들였다. 주란은 숙인의 양손과 입가며 옷깃이며 소매 위에 아편연이 묻은 것을 보고 깜짝 놀랐다. 또 쌍옥이 가죽 의자에 뻣뻣하게 앉아 숨을 몰아쉬고 있고 얼굴은 온통 아편연이어서 황급히 물었다.

"무슨 일이야?"

숙인은 더듬거리며 말을 제대고 못 하고 발만 동동거렸다. 다행히 그때 쌍주와 교건, 아주는 모두 자지 않고 있었는데, 소리를 듣고 들어와 이 상황을 보고 십중팔구 무슨 일인지 짐작할 수 있었다. 쌍주가 먼저 물었다.

"마셨어요?"

숙인은 손으로 급히 쌍옥을 가리켰다. 쌍주는 사태를 파악하고 남자 하인을 불러 속히 인제의원으로 가서 해독약을 사오라고 하였다.

교건은 따뜻한 물을 가져와 숙인과 쌍옥의 얼굴과 입을 헹구게 하였다. 숙인은 손과 얼굴을 깨끗이 닦고 입안에 남아 있는 아편을 다 토했다. 쌍옥은 그 모습을 보고 분노하며 벌떡 일어났다. 그리고 눈썹을 치켜세우고 눈을 부릅뜨고 째려보며 부득부득 이를 갈며 말했다.

"당신은 양심도 없는 날강도 같은 사람이야! 함께 죽자며! 지금 왜 안 죽으려고 해! 내가 염라대왕전에 가면 반드시 당신을 잡아 죽일 거야! 어디 도망가 봐!"

주란은 아직도 얼이 빠져 있었다. 쌍주가 '쌍옥아' 하고 부르며 그들 사이를 중재했다.

"도련님이 잘못했어. 정혼하면 안 되지. 그래도 너도 그래, 아직 어려서 철이 없어. 손님은 그냥 하는 말이야. 지금 도련님이 정혼을 하지 않았다고 쳐. 그렇다고 너를 부인으로 맞이하겠어?"

쌍옥은 말이 끝나기도 전에 소리를 질렀다.

"무슨 부인이고 첩이에요! 저 사람에게 물어봐요. 누가 함께 죽자고 했는지!"

숙인은 다리를 치고 소리를 내며 울었다.

"내가 아니야! 형님이 정혼시킨 거지. 나에겐 한 마디도 안 하셨어!"

쌍옥은 갑자기 숙인의 얼굴을 향해 달려들며 사납게 삿대질을 하며 욕을 퍼부었다.

"썩어 죽을 돼지 같은 놈! 당신 형님이 정혼을 시켰다는 걸 알았으면서 왜 안 죽어?"

숙인은 깜짝 놀라며 계속 뒷걸음쳤다.

한참 소란스러울 때, 남자 하인이 약병을 가져왔다. 아주는 황급히 유리잔 두 개를 가져와 반반 나누어 부었다. 숙인은 아직 다 토해내지 못한 것 같아 먼저 마셨다. 쌍옥은 더욱 분노하며 그 잔을 빼앗아 숙인의 얼굴에다 던졌다. 숙인의 얼굴은 약으로 뒤범벅되었다. 다행히 유리잔은 숙인의 귀 옆으로 살짝 비껴나갔다. 숙인은 멀리 서서 애원했다.

"너도 좀 마셔. 마시면 네가 하라는 대로 따를게. 응?"

쌍옥은 소리를 지르며 말했다.

"내가 뭘 원하는지는 알아? 난 당신이 죽는 걸 원해!"

주란과 쌍주는 같은 말로 말렸다.

"죽든 말든 그건 나중에 말하고, 지금은 마셔."

아주와 교건도 백방으로 쌍옥에게 약을 먹이려고 설득했다. 쌍옥은 '흥' 하고 웃으며 말했다.

"뭐하는 거야? 내려놔. 내가 직접 마실 거야! 저 사람이 안 죽는데, 내가 왜 저 사람 보는 앞에서 죽겠어. 저 사람이 죽으면 나도 죽을 거야!"

그리고 유리잔을 들고 한 모금씩 천천히 마셨다. 교건은 수건을 가져와 닦아주었다. 잠시 후, 배가 뒤틀리고 목에서 '끅끅' 소리가 나더니 물을 쏟아냈다. 주란과 쌍주는 양쪽에서 어깨를 붙잡고 쌍옥이 토하도록 했다. 쌍옥은 토하면서도 끊임없이 욕을 퍼부었다. 날이 밝아오자 토하는 것도 조금씩 진정

되었다. 그제야 모두들 돌을 땅에 내려놓은 듯 마음을 놓았다. 그러나 다시 자러 가기도 그래서 부엌 화로를 피우고 죽을 끓여 조금씩 먹었다. 숙인은 쌍옥이 그래도 멈추지 않으려는 것을 알고, 몰래 쌍주에게 가서 계책을 찾아달라고 부탁했다. 쌍주가 미간을 찌푸리며 말했다.

"쌍옥의 성질은 도련님도 잘 알잖아요. 그 애가 어디 남의 말을 들으려 하나요. 저는 가족이니까 말하기가 그래요. 말한다고 해도 소용없을 거고. 차라리 친구 분에게 설득해달라고 부탁해봐요. 그러면 말을 들을지도 몰라요."

이 말에 숙인은 당장 쪽지를 써서 남자 하인에게 주며 남시함과가 영창삼점의 홍 나리를 모시고 오라고 했다. 다른 사람들은 쌍옥을 부축해서 침대에 눕히고 나갔다. 숙인은 눈을 멀뚱히 뜨고 혼자 정오가 될 때까지 지켰다. 홍선경은 흔쾌히 와주었다. 숙인은 쫓아나가 그를 맞이하며 쌍주의 방으로 모셨다. 지난밤의 사건을 자세히 말해주며 선경이 쌍옥을 설득해달라고 간곡하게 부탁했다.

선경은 승낙을 하고 쌍옥의 방으로 건너갔다. 쌍옥이 침대에 비스듬히 누워 머리를 묻고 잠깐 눈을 감고 쉬고 있는 것을 보았다. 선경이 가까이 다가가서 나직하게 '쌍옥아' 하고 불렀다. 쌍옥이 눈을 뜨고 그를 보자 일어나 자리를 권했다. 선경은 나오는 대로 물었다.

"몸은 괜찮니?"

쌍옥은 냉소를 짓고 대답했다.

"홍 나리, 모르는 체하지 말아요! 도련님이 나리에게 저를 설득해달라고 부탁한 거잖아요. 저는 다른 할 말이 없어요. 지금 그 사람과 함께 죽고 말 거예요! 그 사람이 어딜 가든 따라가서 같이 죽는 걸로 끝낼 겁니다. 다른 할 말은 없어요."

선경은 완곡하게 말을 했다.

"쌍옥아, 그러지 마라. 지금까지 도련님이 너한테 잘했잖니. 정혼이야 그의 형이 결정한 거잖아. 너무 그 사람 탓하지 마라. 같은 사람이라면 부인이든 첩이든 상관없잖아. 내가 중매를 해서 도련님에게 시집가게 해줄게, 어때?"

쌍옥은 악을 쓰며 분노를 토했다.

"퉤! 그런 양심도 없는 죽일 놈에게 시집을 가라는 거예요!"

이 말을 하고, 도로 드러누워 눈을 감고 자는 척했다.

선경은 달리 방법이 없어 숙인에게 이 상황을 전해주었다. 숙인은 더욱 조급해지고 답답하여 한숨만 쉬었다. 그러나 어떻게 할 방법이 없었다. 선경은 쌍옥이 무슨 생각을 하고 있는지 쌍주는 알고 있을 거라고 생각하고 물어보았다. 그러나 쌍주 역시 모르고 있었다. 선경이 말했다.

"그러면 누가 지시했어?"

"쌍옥에게 누가 지시해요! 제가 지시하는 거라곤 장사하는 것이지, 소란피우라고 한 적은 없어요."

선경은 심사숙고하듯 생각해보아도 도무지 이해가 되지 않았다. 쌍주가 말했다.

"아마 쌍옥의 의도의 반은 도련님 때문이고, 나머지 반은 쌍보 때문이지 않을까 싶어요."

선경이 껄껄 웃으며 손뼉을 치며 말했다.

"맞아. 일리가 있어."

숙인은 공수를 하고 지시를 기다렸다. 선경은 다시 한참을 생각해보다 껄껄 웃으며 손뼉을 치며 말했다.

"알았다. 알았어!"

숙인이 그 방법을 물었다. 선경이 말했다.

"자네는 관여하지 말게. 자네, 쌍옥이 원하는 대로 따르겠다고 말했는가?"

"예."

"내가 자네 원한을 풀어줄 수 있어. 많으면 일만, 적으면 칠팔천 정도. 그렇게 할 수 있겠나?"

"예."

"그러면 됐어."

숙인은 어떤 방법인지 물어보았다. 선경이 말했다.

"지금 자네에게 말해주지 않아도 일이 다 해결되면 그때 자네도 알게 될 거야."

숙인은 단서를 찾지 못해 답답한 심정으로 선경과 식사를 하려고 아주에게 요리를 준비하라고 했다.

선경은 손짓하여 쌍주를 불러 교의에 나란히 앉아 귓속말로 한참을 비밀스럽게 이야기를 나누었다. 쌍주는 처음부터 끝까지 무슨 의미인지 알아들었다. 잠시 후 이야기가 끝나자 쌍주는 잠시 머리를 굴리더니 뜸을 들이며 대답을 했다.

"말이야 해보겠지만, 성공할지는 모르겠어요."

"반드시 성공해. 그 사람들한테는 이건 아무것도 아니야."

이에 쌍주는 쌍옥의 방으로 건너가 유세객이 되어 대신 뜻을 전달했다. 마침 아주가 식사를 들고 오자, 선경은 아주를 불러 세우며 쌍주의 방에 놓으라고 했다. 선경과 숙인은 술잔을 기울였다. 곧 쌍주가 방으로 돌아와 말해주었다.

"조금 관심을 보이긴 해요. 근데 성공 못하면 사람들에게 웃음거리가 될까 봐 걱정하네요."

"가서 말해 봐. 만약 정말로 성공하지 못하면 내가 도련님을 쌍옥에게 넘겨준다고 말해."

쌍주는 다시 갔다가 돌아와서 말해주었다.

"됐어요. 지금 도련님을 당신에게 넘기겠대요."

선경은 껄껄 웃으며 손뼉을 쳤다.

---

1 귀뚜라미에게 먹였던 배를 삶으면 검은 색의 즙이 만들어지는데, 태우면 쓴맛이 난다. 여기다 소주를 부으면 모양이나 맛이 생아편을 섞은 술처럼 보인다.[장]

64

답답함에 화가 나서 팔찌를 저당 잡히고, 명치를 세차게 걷어차여 다치다

喫悶氣怒拼纏臂金 中暗傷猛踢窩心脚

주숙인과 홍선경은 주쌍주의 방에서 점심을 먹었다. 선경은 숙인의 손을 잡고 주쌍옥의 방으로 건너가서 쌍옥과 그 자리에서 매듭을 지었다. 선경은 보증인이 되겠다고 자처하고 숙인을 이끌고 문을 나섰다. 쌍옥은 만면에 노기를 띠고 숙인을 한참을 흘겨보고 말했다.

"만 원으로 당신 목숨을 살린 거니까 싸게 한 줄 알아!"

숙인은 선경의 뒤에 숨으며 아무 말도 못했다. 선경은 멋쩍게 웃으며 함께 나왔다.

숙인은 길을 가며 만 원이 어떻게 쓰이는 비용인지 물었다.

"오천은 그 애 몸값이고, 또 오천은 혼수품을 장만해서 시집보내는 비용이지."

"누구에게 시집간다는 겁니까?"

"시집가는 건 어렵지. 자네는 관여하지 말고 돈이나 준비하게. 그러면 내가 처리해줄 테니."

숙인은 선경에게 같이 집으로 가서 형 주애인과 상의해달라고 했다. 선경은 하는 수 없이 중화리의 주공관으로 가서 바깥 서재에서 주애인을 만났다. 숙인은 슬쩍 자리를 피했다. 선경은 쌍옥이 자살을 시도한 이유와 숙인이 돈으로 해결하려고 한 뜻을 찬찬히 말해주며, 옳고 그른지를 판단해달라고 했다. 애인은 처음에는 깜짝 놀라다가 점점 후회하더니 마지막에는 절망스럽고 처참한 심정이었다. 일이 이 지경까지 왔으니 어떻게 할 수도 없었다. 그는 개탄스러워 한숨을 쉬며 말했다.

"돈을 잃더라도 나중에 얽히지만 않으면 괜찮지. 아무리 그래도 만 원은 너무 센 것 같은데."

선경은 '그래, 그렇지'라고만 말할 뿐이었다. 애인이 다시 말했다.

"지금은 전적으로 노형에게 맡기겠네. 그 사이 돈을 아낄 만한 곳이 있다면 모두 노형이 알아서 해주게."

선경은 겸연쩍은 표정을 지으며 그러겠다고 대답하고 갔다. 애인은 문 앞까지 배웅하며 공수하고 작별인사를 했다.

선경은 혼자 중화리 골목입구를 빠져나와 인력거를 탈까 하고 주변을 두리번거렸으나, 빈 인력거는 한 대도 보이지 않았다. 그런데 한 젊은이가 북쪽에서 팔랑팔랑거리며 걸어왔다.

선경은 처음에는 눈여겨보지 않았다. 가까이 오자 다른 사람이 아니라 외조카 조박재였다. 비교적 세련된 새끼양가죽을 댄 남경 주단 도포와 마고자를 입고 있어 옛날보다 훨씬 나아 보였다. 박재는 걸음을 멈추고 '외삼촌' 하며 인사를 했다. 선경도 고개를 끄덕였다.

"어머니께서 며칠 편찮으셨는데, 어제는 더 심해졌습니다. 늘 외삼촌 생각을 하십니다. 외삼촌, 한번 오셔서 어머니와 말씀 나눠주시겠습니까?"

선경은 한참을 머뭇거리다 긴 한숨을 쉬고 돌아보지 않고 가버렸다. 박재는 가는 뒷모습만 바라보며 마음을 접고 정풍리 집으로 돌아와 누이 조이보에게 말해주었다.

"의사 선생은 나중에 오신다고 했어."

그리고 도중에 선경을 만났던 이야기도 해주었다. 이보는 냉소를 지으며 말했다.

"외삼촌이 나를 무시하면 나도 외삼촌 무시할 거야! 외삼촌 가게가 우리 기루보다 크게 나을 것도 없어."

그때, 두소산 선생이 와서 홍 씨의 맥을 짚고 말했다.

"노인이 체력이 많이 약해졌으니 길림산 인삼 두 첩 정도는 복용해야 합니다."

그리고 그는 처방전을 적어주고 갔다. 이보는 인삼을 사려

海上花列傳
第六十四回
五十
喫悶氣怒拚纏臂金

고 직접 홍 씨의 침상으로 가서 작은 보석함을 열어보았다. 뜻밖에 그 보석함 안에는 이 원밖에 없어서 황급히 박재에게 물었다. 돌아오는 박재의 대답이 이랬다.

"아침에 방값 냈으니까, 그게 다야!"

이보는 홍 씨가 알면 조급해할까 봐 아예 보석함을 들고 이층 방으로 돌아가서 아호와 상의를 했다. 주피(珠皮)[1], 은서, 회서, 자모, 호감(狐嵌)[2]으로 만든 망토와 치마를 저당 잡혀 임시 변통하려고 하였다. 아호가 말했다.

"아가씨 물건을 전당포에 맡기는 것도 괜찮지만, 지금은 비단가게 빚도 한 푼도 갚지 못했는데 옷을 다 저당 잡히는 건, 내가 나쁘게 하는 말이 아니라, 아닌 것 같아요."

"모두 털어서 천 조금 남아 있는데, 내가 못 갚을까 봐 그래요?"

"아가씨는 지금 아무것도 아니라고 여기시나 본데, 못 갚는다면 천 조금 넘는 건 말할 것도 없고, 일 원도 갚기 어려워요!"

이보는 성을 참지 못하고, 팔목의 금팔찌를 빼서 주며 박재에게 전당포로 가라고 했다. 박재가 말했다.

"길림산 인삼이야 외삼촌 가게에서 좀 얻으면 되잖아."

이 말에 이보는 오빠 얼굴 정면에 침을 뱉었다.

"잘 해요! 다시 외삼촌 이야기 해봐요!"

박재는 얼굴을 가리고 얼른 나가버렸다. 이보는 홍 씨를 보러 아래층으로 갔다. 홍 씨는 기력이 없고 정신이 혼미하여 잠이 든 듯 만듯했다. 이보가 '어머니' 하고 불렀다. 홍 씨는 겨우 대답했다. 이보가 물었다.

"차 마시겠어요?"

한참이 지나도 대답이 없었다. 이보는 초조해졌다. 갑자기 아가 웃으면서 부르는 소리가 들렸다.

"아! 도련님 오셨어요! 도련님 얼마만이에요? 이 층으로 가시지요."

이어 자박자박 신발소리가 나더니 일제히 이 층으로 올라갔다. 이보는 황급히 물러 나와 바깥 응접실 쪽을 보았다. 붉은 털이 달린 관모와 전의를 입은 사람들이 무리를 지어 서 있었다. 분명 사삼공자라고 생각하고 나는 듯이 빠른 걸음으로 이 층으로 쫓아 올라가다 정면으로 아호와 부딪혔다. 이보가 바로 물었다.

"방에 누구예요?"

"뇌삼공자예요, 사삼이 아니구요."

이보는 순간 싸늘하게 식은 재처럼 마음이 허탈해지고 다리가 풀려서 기둥에 기대어 숨을 몰아쉬었다. 아호가 조용히 말했다.

"뇌삼공자는 자라라고 알려져 있지만, 정말 좋은 손님이에요. 사삼처럼 속 빈 강정은 아니라구요. 지금 한 달 동안 일도 없었잖아요. 노력해야 해요. 자라와 사귀면 연말에는 비용은 문제없을 거예요."

말을 미처 다 하기도 전에 방에서 외치는 소리가 들려왔다.

"얼른 부인 불러와. 어디 좀 보자, 정말 부인같이 생겼는지 봐야겠어!"

아호는 재빨리 이보를 끌고 방으로 들어갔다. 이보는 위쪽에 앉아 있는 두 사람을 보았다. 한 사람은 알고 있는 화철미이고, 다른 한 사람이 아마도 뇌삼공자인 듯했다.

사실 뇌공자는 저번에 도박으로 손해를 봐서 이번에 상해에 와서는 그런 부랑자들과 일절 만나지 않고 몇 명의 착실한 친구들과 기분 좋게 한가로이 노닐고 있었다. 주쌍옥이 세 번째로 부인이 되려고 했던 이야기를 듣고 조이보가 어떤 인물인지 알고 싶어서 특별히 화철미에게 데려가 달라고 해서 같이 온 것이었다.

이보가 가까이 오자 뇌공자는 아예 잡아끌고 와서 아래위로 훑어보며 껄껄 웃으며 말했다.

"네가 사삼의 부인이야? 좋아, 좋아, 좋아!"

이보는 무슨 말을 하는지 알 수 없었지만 자기를 조롱한다는 것은 알았다. 그래서 그를 무시하고 화철미에게만 물었다.

"사공자에게서 서신이 왔었나요?"

"없었네."

이보는 당초 사공자와 백년가약을 맺었지만 지금은 새 사람을 얻고 옛 사람을 잊어서 양주에서 혼례를 올렸다는 이야기를 해주었다.

"그러면 사공자 장부는 정리했는가?"

"그가 갈 때 천 원을 줬는데, 제가 '당신이 오실 때, 한꺼번에 정리해도 괜찮아요.'라고 말했었어요. 그런데 사람도 오지 않고 서신도 없을 거라곤 전혀 생각지도 못했지요."

뇌공자는 그 말을 듣자마자 펄쩍 뛰며 소리쳤다.

"사삼이 장부를 떼먹었다고? 농담이겠지!"

화철미가 웃으며 말했다.

"필시 사연이 있었을 거라고 생각되네. 한쪽 말만 어떻게 믿을 수 있겠나."

이보는 그 말에 입을 다물고 더 이상 꺼내지 않았다.

아호는 정성을 다해 비위를 맞춰주며 이보가 정성스럽게, 마음에 들게 접대하도록 옆에서 도왔다. 이보는 여전히 도도했다. 하필이면 뇌공자가 이보에게 마음이 빼앗겨 이보만을 뚫어져라 쳐다보았다. 이보는 더는 참지 못하여 고개를 숙이고 손수건을 만지작거렸다. 뇌공자는 살짝 손을 뻗어 손수건의 한쪽 끝을 잡고 힘껏 잡아당겼다. 순간 '뚝' 하는 소리가 들렸다. 이보의 왼손에 기르고 있는 두 마디 길이의 손톱 두 개가 부러지고 말았다. 이보는 놀라면서도 아프기도 하고, 화가 나면서도 아까웠다. 원래 성격대로라면 한 마디 했을 텐데 장사를 위해서 하는 수 없이 참았다. 뇌공자는 손수건을 빼앗았다는 것에 혼자 득의양양했다. 아호는 손톱 깎기를 이보에게 주었다. 이보는 손톱을 깎고 나서 버리지 않고 몸에 지녔다.

이보가 자리를 빠져나가려고 하는데, 마침 박재가 주렴 안으로 고개를 내밀고 살피고 있었다. 이보가 중간 방으로 가자 박재는 사 온 인삼과 저당 잡혀 마련한 돈을 주었다. 이보는 박재에게 바로 가서 인삼을 달이라고 하고, 자신은 돈을 세어보고 옷장에 넣어두었다. 뇌공자는 일부러 의아해하며 말했다.

"어디서 온 놈이냐? 잘 생겼네!"

"오빠예요."

"나는 자네 서방인 줄 알았어."

아호가 말했다.

"무슨 그런 말씀을 하세요."

아호는 고개를 돌려 아교를 가리키며 말했다.

"어디요, 이 애 서방이지요."

아교는 화철미에게 물담배를 채워주다 부끄러워서 고개를 다른 쪽으로 돌렸다.

이보는 정말이지 너무 혐오스러워 손님을 내버려두고 아래층 홍 씨의 방으로 도망가버렸다. 화철미는 눈치를 채고 일어나 옷을 털며 떠날 준비를 했다. 섭섭한 뇌공자는 아호에게 종용하여 남자 하인에게 술자리를 차리라고 했다. 철미는 그를 말릴 수 없었다. 뇌공자는 이보가 어디로 갔는지 물었다. 아호가 말했다.

"엄마 보러 아래층에 갔어요. 엄마가 아프거든요."

병세가 어떤지 조금 과장을 해서 뇌공자에게 들려주었다.

한참 지나도 이보가 돌아오지 않자 아호는 아교에게 불러오라고 했다. 이보는 은근히 불만을 드러내는 뜻으로 일부러 천천히 올라갔다. 뇌공자는 초조하게 기다리고 있다가 이보를 보자 와락 달려들어 양팔을 벌려 껴안으려고 했다. 이보는 깜짝 놀라 오히려 뒷걸음치고, 다급해진 뇌공자는 손을 허우적거렸다. 이보가 멀찍이 서서 더 이상 가까이 오려고 하지 않아 뇌공자는 서서히 화가 났다. 화철미는 짐짓 관심을 보이는 척하며 이보에게 물었다.

"자네 어머니는 어디가 편찮으신가?"

이보는 그의 의도를 알고 슬픈 표정을 지으며 화철미와 계속 말을 했다. 이로써 뇌공자의 호기로운 흥취를 끊어버렸다.

이어서 남자 하인이 탁자와 의자를 배치하고 수저를 놓았다. 이보는 그 틈을 타서 다시 나가버렸다. 뇌공자는 손님은 초대하지 않고 일고여덟 명의 기녀들만 불렀고 화철미를 위해서는 세 명을 불렀다. 그중에 손소란은 없었다. 국표를 보내고, 수건이 올라오기도 전에 뇌공자는 화철미를 끌고 와서 맞은편에 앉혔다. 남자 하인은 급히 술병을 올렸으나 술을 따를 이보가 또 자리에 없었다.

아호는 이건 아니다 싶어 직접 홍 씨의 방으로 내려갔다. 박재는 구석에서 촛불을 들고 있고 이보는 약사발을 들고 숟가

락으로 홍 씨에게 약을 먹이고 있었다. 아호는 발을 동동거리며 말했다.

"아가씨, 가야죠. 술자리가 있잖아요! 좀 비위를 맞추라고 했잖아요. 그런데 그렇게 무시하면 어떡해요!"

이보는 목소리를 깔고 소리쳤다.

"네가 비위를 맞추든가! 불쾌한 손님은 내가 싫어."

아호가 다그치듯 물었다.

"뇌삼공자 같은 손님을 당신이 접대하지 않고서야 어떻게 장사를 하겠다는 거예요?"

이보의 얼굴이 붉어졌다. 아호가 말했다.

"당신은 아가씨고 나는 아주머니예요. 하든 말든 마음대로 해요! 가게 빚과 분담금만 해결하면 내가 상관할 일 아니죠!"

이보는 입 밖으로 내지 않았지만 속으로 비명을 질렀다. 아호도 혼자 울컥해서 술자리를 내팽개치고 부엌으로 가서 퍼지고 앉아버렸다. 술자리에는 아교 한 사람만 남아 두서없이 농담하며 이야기를 나누었다.

뇌공자는 화를 숨기고 있었지만 얼굴색이 눈에 띄게 바뀌었다. 화철미가 해명에 나섰다.

"내가 듣기로 이보가 효녀라고 하더니, 정말이구나. 지금도 어머니 곁에서 시중들고 있는 모양인가 본데, 정말 갸륵해!"

그리고 연이어 탄복했다. 뇌공자는 화철미의 말에 자기도 모르게 얼굴색이 누그러졌다.

이보는 약을 먹이고 홍 씨를 부축하여 눕혔다. 그리고 방으로 돌아와 접대하였다. 마침 기녀들이 줄줄이 도착했다. 뇌공자는 노발대발 소리를 질렀다.

"나는 조이보를 부른 적이 없는데, 왜 왔대?"

이보는 못 들은 척했다. 화철미는 계항배를 가져와 뇌공자에게 화권을 청하면서 이 상황을 대충 넘겼다.

뇌공자는 또 기분이 좋아져서 단숨에 대결에 응했다. 하필이면 뇌공자가 열 번 이상을 졌다. 뇌공자는 혼자 석 잔을 마시고 나머지는 기녀와 아주머니들이 대신 마셨다. 아호도 대신 한 잔을 마셨다.

뇌공자는 졌다는 것을 수긍하지 못하고 계속 하려고 했다. 그러나 또 지고 말았다. 뇌공자는 주위를 둘러보고 조이보만 아직 마시지 않아 이번 잔을 그녀에게 주었다. 이보는 한숨에 들이켰다. 뇌공자는 그 잔을 돌려받으려고 손을 뻗다가 이보의 손등을 만지게 되었다. 이보는 그 경박한 행동에 화를 내며 손을 뺐다.

순간 뇌공자는 앞에서 일어난 일들이 떠올라 잔을 내려놓고 이보의 옷깃을 비틀어 쥐며 소리를 질렀다. 이보는 필사적으로 뒤쪽으로 달아났다. 그러자 뇌공자는 더욱 화가 나 모전으로 바닥을 댄 검은색 신발로 이보의 가슴을 걷어차서 이보를 바닥에 쓰러뜨렸다. 아호와 아교가 달려갔지만 이미 늦은 뒤였다.

이보는 순간 일어나지도 못하고 울부짖으며 욕을 퍼부었다. 뇌공자는 더욱 화가 나서 작심을 하고 다가가서 아예 발로 마구 걷어찼다. 이보는 그 바람에 바닥을 이리 뒹굴고 저리 뒹굴며 걷어차였다. 숨을 곳도 없고, 울며불며 또 욕을 퍼부었다. 아호는 뇌공자의 허리를 붙잡고 외쳤다. 옆에서 말리던 아교도 뇌공자에게 걷어차였다. 다행히 화철미가 대신 간절하게 용서를 빌었다. 그제야 뇌공자는 발길질을 멈추었다. 아호와 아교는 이보를 일으켜 세웠다. 머리가 산발이 되고 화장은 지워져서 마치 귀신 같았다.

이보는 너무 억울하여 살 생각을 접고 이 척 높이 정도 되는 곳에 올라서서 울며불며 죽으려고 했다. 뇌공자가 이런 소란을 어찌 참고 있겠는가, 발끈하여 성질을 누르지 못하고 '다들 들어와' 하고 소리쳤다. 그때 네 명의 가마꾼과 네 명의 심부름꾼이 일제히 문 앞에서 수수방관하고 있다가 그 소리를 듣고 대답을 하며 지시를 기다렸다. 뇌공자는 소매를 흔들며, '부숴!' 하고 소리쳤다. 이 말이 떨어지자 가마꾼과 심부름꾼들은 옷깃을 걷어붙이고 일제히 주먹을 휘두르고 발로 차며 가스등을 제외하고 방 안의 물건들을 모조리 부쉈다.

화철미는 더 이상 말리지 못한다는 것을 알고 살짝 빠져나와 가마를 타고 먼저 갔다. 기녀들은 작별인사도 없이 도망치듯 나가버렸다. 아호와 아교는 이보를 사람들 틈에서 데리고 나왔다. 이보는 이리 넘어지고 저리 엎어지며 땅에 발을 딛지

못했다. 그러는 순간 너무 놀란 나머지 눈물 콧물은 오히려 말라버렸다.

뇌공자는 방 안의 물건 부수는 것을 가장 좋아하는데, 그가 부수는 방식은 아주 대단했다. 만에 하나 온전하게 남은 물건이 하나라도 있으면 하수인을 문책하고 절대 용서하지 않았다. 조이보는 전생에 무슨 업보로 무단히 이 '원흉'을 만나게 되었을까. 방 안에 있는 것들은 크고 작고, 비싸고 싸고 할 것 없이 바람에 날리고 번개를 맞은 듯 모조리 부서졌다. 이 집의 조박재는 겁만 많고 아무 쓸모가 없어 어디로 사라졌는지 그림자도 보이지 않았다. 비록 남자 하인이 있었으나 어느 누가 나서서 용서해달라고 애원하겠는가? 홍 씨는 병으로 침대에 누워서 소리를 듣고 힘을 내어 '무슨 일이냐?'라고 물었다.

조이보는 건넛방 서재로 도망 와서 탑상에 비스듬히 누워 숨을 몰아쉬었다. 아교는 바로 따라 들어와 지키고 나가지 않았다. 아호는 사태가 심각한 것을 보고, 혼자 뒤쪽 정자간으로 가서 멍하니 앉아 머리를 굴렸다. 뇌공자는 자신이 그만하고 싶을 때까지 때려 부수고 나서 그 패거리들을 데리고 시끌벅적 사라졌다. 남자 하인은 그제야 박재를 찾아 같이 살피러 갔다. 방 안은 발 디딜 틈도 없이 어지럽게 널려 있었다. 침대, 탑상, 옷장 등의 가구도 여기저기 엎어지고 뒤집어져 있었다. 오직 두 개의 가스등만 빛을 내며 중앙에 덩그러니 걸려 있었다.

박재는 어떻게 해야 할지 막막하여 이보를 찾았으나 보이지 않았다. 그런데 건넛방 서재에서 아교가 부르는 소리를 들었다.

"아가씨는 여기에 있어요."

박재는 쫓아 들어갔다. 여기도 어두컴컴했다. 남자 하인이 등을 들고 오자 이보가 뻣뻣하게 누워 꼼짝하지 않고 있는 게 보였다. 박재가 황급히 물었다.

"어디 맞았어?"

아교가 말했다.

"아가씨는 괜찮아요. 방은 어때요?"

박재는 고개를 젓고 아무 말을 하지 못했다.

이보는 갑자기 벌떡 일어나 양손으로 아교의 어깨를 붙잡고, 한 발짝 한 발짝 어렵게 발을 떼며 방문까지 갔다. 고개를 들어 보고 고통스러운 마음을 어찌지 못하고 통곡을 했다. 아호는 그 소리를 듣고 정자간에서 나왔다. 모두들 이보를 달래고 나서 탑상에 앉히고 의논을 했다. 박재가 고소를 하려고 하자 아호가 말했다.

"자라를 고소한다고? 현이든 도든 어디에도 고소하지 말아요. 외국인들도 자라를 보면 겁을 먹는데, 어디에 가서 고소한다는 거예요?"

이보가 말했다.

"그 사람 하는 꼴 보니까 좋은 사람이 아닌 것 같아! 자네가 그 사람 비위를 맞췄어야 했어!"

아호는 손을 내저으며 단호한 어조로 말했다.

"자라는 본인이 알아서 여기 온 거예요. 난 중매인도 아니고, 아가씨가 그 사람에게 잘못해서 손해 본 건데 나한테 잘못했다고 하면 안 되죠! 내일 찻집으로 가서 결판을 지어봅시다. 내가 잘못했다면 내가 배상하지요."

이 말을 하고 아호는 쌩하니 돌아서서 자러 갔다. 이보는 더 화가 치밀어오르고 고통스러웠다. 박재에게 남자 하인과 함께 방을 정리하라고 하고, 아교에게는 자기를 잡으라 하고 온 힘을 다해 천천히 아래층으로 내려갔다. 홍 씨를 보자 눈물을 흘리며 '엄마' 하고 불렀다. 그리고 아무 말 하지 않았다. 홍 씨는 영문을 모른 채 말했다.

"이 층 손님 접대하러 가거라. 나는 괜찮아."

이보는 이 사건을 도저히 말할 수 없어서 아교에게 약을 재탕하라고 해서 홍 씨에게 먹였다. 홍 씨는 또다시 재촉했다.

"지금은 괜찮아, 어서 올라가 봐."

이보는 '조심해요.'라고 당부하고 휘장을 내렸다. 아교에게 방에 남아 지켜보라고 하고, 혼자 계단을 한 발짝 한 발짝 올라갔다. 방은 먼지가 자욱하고 어수선하여 있을 곳이 없어 도로 서재로 왔다. 박재는 서랍 하나를 들고 뒤따라 들어왔다. 서랍 안에는 자질구레한 머리장신구와 돈주머니가 있었다. 박재가 말했다.

"돈과 전표가 바닥에 다 흩어져서 얼마가 빠졌는지 모르겠어."

이보는 차마 들여다보지 못하고 한쪽으로 밀쳤다. 박재가 가고 나자 조용해졌다. 이보는 아무리 생각해보아도 살아갈 길이 안 보여 혼자 한참을 조용히 울었다. 그러다 가슴이 뻐근하게 아프고 다리도 쑤셔 아편침대로 돌아가 털썩 드러누웠다.

갑자기 골목에서 사람들 소리가 웅성웅성 들려왔다. 대문을 두들기는 소리는 하늘을 진동할 듯 울렸다. 박재가 달려와 알렸다.

"큰일 났어, 자라가 왔어!"

이보는 더 이상 놀라지 않고 일어나 천천히 걸어 나갔다. 일고여덟 명의 집사들이 이 층으로 몰려왔다. 그들은 이보를 보자 절을 하고 웃으며 아뢰었다.

"사삼공자께서 양주의 지부가 되셨습니다. 아가씨를 어서 모시고 오라십니다."

이보는 이 소식을 듣고 아주 기뻐서 얼른 방으로 돌아가 아호를 불러 머리를 손질하게 하였다. 홍 씨는 머리에 봉황관을 쓰고, 황금색 이무기가 수놓인 예복을 입고 웃으며 '이보야' 하고 불렀다.

"내가 삼공자는 약속을 어길 사람이 아니라고 말했잖니. 지금, 아니나 다를까 너를 부르러 왔잖아."

"어머니, 제가 삼공자 집에 가더라도 요전 일은 절대 말하면 안 돼요."

홍 씨는 고개를 끄덕였다. 아교가 또 아래층에서 '아가씨' 하고 부르며 아뢰었다.

"수영 아가씨가 축하하러 왔어요."

이보는 의아해하며 말했다.

"누가 알렸지? 전보보다 더 빠르잖아?"

이보가 막 그녀를 맞이하러 나가려는데 장수영이 벌써 눈앞에 와 있었다. 이보는 웃으며 앉으라고 했다. 그런데 수영이 갑자기 물었다.

"너 잘 차려입고 마차 타러 가니?"

"아니, 사삼공자가 날 데리러 왔어."

"무슨 소리야! 사삼공자는 한참 전에 죽었잖아. 너, 설마 몰랐던 거야?"

이보는 잠시 생각해보더니, 사삼공자가 정말 죽은 것 같았다. 그래서 집사들에게 물어보려고 하는데, 그 일고여덟 명은 귀신으로 변해 앞으로 달려들어 왔다. 이보는 깜짝 놀라 비명을 지르며 깨어났다. 온몸은 땀으로 젖어 있고, 계속 심장이 두근거렸다.

---

1 몽글몽글 말린 털이 있는 새끼양가죽

2 여러 장의 여우 가죽을 합쳐 만든 가죽

후기*

어떤 객이 화야련농(花也憐儂)이 살고 있는 방으로 와서 64회 이후의 원고를 찾았다. 화야련농은 웃으며 자신의 배를 가리키며 말했다.

"원고는 여기에 있소."

객은 그 대략적인 내용을 청했다. 화야련농은 깜짝 놀라며 말했다.

"저의 책에서 얻은 게 있습니까 없습니까? 저의 책은 64회로 모두 갖춰져 있고 끝이 있는데, 또 무엇을 말하겠습니까?

그대와 대행산(大行山), 왕옥산(王屋山), 천태산(天台山), 안탕산(雁蕩山), 곤륜산(崑崙山), 적석산(積石山)과 같은 명산 여행을 해봅시다. 그 여행의 시작은 등나무 줄기를 잡고 칡나무를 당기며 거의 기어가기에, 처음에는 산이 어떤 모양새인지 모릅니다. 샘물 소리와 새 지저귀는 소리, 구름 그림자와 햇빛

* '화야련농(花也憐儂)'은 작가 한방경(韓邦慶)의 필명이면서 동시에 소설의 서두에 등장하였다가 사라진 인물이기도 하다. 그는 꽃바다에서 노니다가 갑자기 그 속에 빠져 상해 현성과 조계지의 경계인 육가석교에 떨어진 후 조박재를 불러놓고 유유히 사라져서는 64회가 끝나도록 등장하지 않는다. 그런 그가 후기에서 작가로 등장하여 갑자기 끝난 결말에 당황하는 독자들을 위해 독서의 즐거움이 어디에 있는지 피력하면서 인물들의 결말을 이야기해준다.

이 선연하게 다르다는 것을 점점 느끼며 한가로이 거닐며 즐깁니다. 얼마 후, 숲에서 돌계단을 돌아 오르면, 기이한 봉우리들이 겹쳐 눈앞에 펼쳐집니다. 백조처럼 서 있는 봉우리, 사자처럼 누워 있는 봉우리, 두 사람이 공수하여 읍하는 듯 마주 보고 있는 봉우리, 연잎 지붕처럼 우뚝 솟은 봉우리, 송곳처럼 붓처럼 부도처럼 튀어나온 봉우리, 날아가는 듯, 걸어가는 듯, 낚아채는 듯, 뛰어오르다 넘어지는 듯 가물가물하게 형태를 드러낸 봉우리들이 보입니다. 이 문장들은 정말로 보통사람들이라면 생각해 낼 수 없는 것이라고 그대는 감탄할 것입니다. 그러나 굳이 그 정상에 오르지 않고, 이에 다리와 몸이 피곤하여 돌에 잠시 걸터앉아 쉬며, 조용히 지나왔던 경치를 떠올려 보고, 그리고 아직 가지 못한 곳은 구불구불한 기복을 이루는 기세를 추측하고, 울퉁불퉁한 앞뒤의 형세를 살피고, 구불하고 깊숙하여 빙빙 도는 흥취를 상상하며 보지 않아도 본 듯하고, 듣지 않아도 들은 듯할 것이며, 하나를 들어 세 가지를 추리하니 즐거워서 스스로 만족하여 노래하고 춤을 추니 그 즐거움이 클 것입니다.

아! 그 즐거움은 한가롭게 거닐면서 얻어지는 것인데, 어찌 유독 저의 책에서 잃어버릴 수 있겠습니까. 저의 책 역시 제64회에 와서야 쉴 수 있습니다. 64회 속의 다양한 이야기들은 이후에 어떤 인물은 어떻게 결론이 나고, 어떤 사건은 어떻게 매듭이 지어지며, 결국 어떤 상황은 그렇게 마무리가 됩니다. 모두 변하지 않는 이치가 그 사이에 존재하고 있습니다. 그러니 그대는 왜 책을 덮고 책상을 만지며 한가롭게 거닐며 얻어지는 즐거움으로 저의 책을 즐기려 하지 않으십니까?"

객이 또 심소홍, 황취봉의 이야기가 어떻게 되었는지 묻자, 화야련농은 다음과 같이 말해주었다.

"왕연생, 심소홍, 나자부, 황취봉은 전반부에서 이미 충분하게 자세히 다루어 후반부에서는 더 이상 부연하지 않았습니다. 그런데 요계순과 마계생은 합쳤다가 헤어졌고, 주애인과 임소분은 헤어졌다 합쳤습니다. 홍선경과 주쌍주, 마사야와 위하선은 시종 헤어지지도 합쳐지지도 않았습니다. 또 오설향은 남편을 돕고 자녀를 가르쳤고, 장월금은 사업으로 일가를 이루었으며, 제금화는 음탕하고 천하여 하류 인생을 살게 되었고, 문군옥은 고달픈 인생을 살았습니다. 소찬과 소청은 자금을 끼고 멀리 도망갔으며, 반삼과 광이는 금의환향하였습니다. 황금봉이 과부로 지낸 것은 황주봉이 엄연히 한 남자의 부인으로 사는 것만 못하였고, 주쌍옥이 첩으로 가게 된 것은 주쌍보가 혼인한 것만 못하였습니다. 김교진은 남편을 배신하고 돈을 가지고 도망가버렸으나 김애진은 하염없이 그리워하여 떠나지를 못했습니다. 육수보는 남편이 죽어 개가하였으나 육수림은 독신으로 지냈습니다. 이 예들을 손으로 꼽기에는 그 수고로움을 견디질 못할 것입니다. 소설이 완성될 때까지 기다려주시어 출판되면 가르침을 주시기 바랍니다. 문장의 조리가 분명하고 가지런한 눈썹처럼 찬란한데, 무엇하러 쓸데없는 말들로 논쟁을 하겠습니까?"

객은 여전히 멍한 표정으로 세 번 숙배(肅拜)를 하고 물러났다.

화야련농 씀

작품 해설

김영옥

1. 소설 『해상화열전』

『해상화열전』은 작가 한방경이 1892년 2월, 상해에서 간행한 중국 최초의 소설잡지 『해상기서(海上奇書)』에 연재한 중국 최초의 창작 연재소설이다. 다만 『해상기서』가 같은 해 10월에 정간됨에 따라 『해상화열전』은 30회까지 연재된 뒤 중단되고 만다. 이 소설이 64회 단행본으로 출판된 것은 그로부터 2년이 지난 1894년의 봄이었다.

이 소설이 출판된 1894년 봄은 갑오전쟁(청일전쟁, 1894년 7월 25일 발발)이 일어나기 바로 직전이었다. 갑오전쟁은 중국 역사의 큰 전환점으로, 이후 서양의 사상과 문화에 대한 전면적인 학습이 필요하다는 중국 지식인들의 각성을 불러오게 된다. 이러한 과정에서 당시 유신파를 대표했던 량치차오(梁啓超)는 1902년에 잡지 『신소설(新小說)』을 창간하여 '신소설'론을 제창하게 되고, 이러한 분위기에서 소설은 문학의 중심으로 자리 잡게 되었다.

그동안 학계에서는 량치차오가 1902년에 창간한 『신소설』의 영향을 받아 발표된 소설들에 대해 주목하여온 반면 『신소설』보다 10년 일찍 창간된 중국 최초의 소설잡지 『해상기서』에 대해서는 이렇다 할 관심을 두지 않았고, 『해상화열전』도 단순히 만청소설로 분류하였을 뿐 전통소설과 다른 이 소설만의 차별성에 관심을 두지 않았다.

최근 중국의 근대 문학이 외래의 영향을 받은 것인가 아니면 내적 풍토에서 자생한 것인가라는 논의들이 천핑위엔(陳平原), 위엔진(遠進), 왕더웨이(王德威) 등의 학자들에 의해 제기되면서 만청소설이 주목받게 되었다.

이러한 과정에서 『해상화열전』이 시기상 중국에 번역 소개된 외국소설의 영향에 의해 촉발되었다고 보기도 어렵고 또한 『신소설』보다 앞서면서도 고전소설의 틀에서 벗어나 변화의 징후를 보여주고 있는 독특한 소설이라는 점을 주목하여 중국 근대소설의 기점을 『해상화열전』으로 잡아야 한다는 주장들이 제기되었다. 말하자면 『해상화열전』은 고전소설과 신소설의 어느 범주에도 속하지 않는 전환기 소설로 규정할 수 있고, 전통과 근대를 연결하는 교량적 역할을 한 소설이라 할 수 있다. 전통성과 근대성이 복잡하게 교차되고 있는 교량적 역할로서 근대적 특징은 소설의 형식과 내용의 측면에서 전반적으로 확인된다.

작품의 제재에서 보면, 『해상화열전』은 19세기 말 상해의 고급기녀에서 창녀에 이르기까지 다양한 기녀들의 이야기를 다루고 있다. 전통사회에서 최하층 신분으로 주변부에 머물러

있던 기녀들의 일상을 중심 제재로 삼아 사실적으로 묘사하고 있어 재자가인 식의 기녀 이야기와 구별된다는 점에서 중국고전소설사에 있어서도 새로운 변화일 뿐 아니라, 근대성을 구현하고 있다는 충분한 근거가 된다.

언어의 운용에 있어서 『해상화열전』은 인물의 대화에는 소주(蘇州) 방언, 즉 오어(吳語)를 사용하였다. 소주 방언은 19세기 말 상해 기녀들, 특히 고급기녀들이 일상적으로 사용하였던 언어로, 인물들의 대화에 소주 방언을 사용함으로써 리얼리티를 구현할 수 있었다. 그런데 『해상화열전』은 인물의 대화에 소주 방언을 사용하면서도 서술문에는 통속백화를 사용하였다는 특징을 갖는다는 점에서 중국 장회소설의 전통을 계승하면서도 방언을 운영하는 새로운 시도를 한 소설이라고 볼 수 있다.

『해상화열전』은 형식적인 측면에서도 근대적 특징이 뚜렷하게 나타나고 있다. 소설은 8개월이라는 짧은 시간과 상해 조계지라는 한정된 공간 아래에서 30여 명의 기녀와 기타 인물들의 이야기를 유기적으로 엮어가고 있다. 한방경은 '천삽과 장섬'이라는 서사법을 창안하여 운용하였는데, 이로써 『해상화열전』은 시간 중심의 중국고전소설의 서사구조에서 벗어나 공간 중심의 새로운 서사구조를 구현하였다.

또한 『해상화열전』은 중국고전소설의 대단원(大團圓) 방식과 전혀 다른 결말 방식을 취하고 있는데, 소설가 장아이링(張

愛玲)은 이렇게 '갑자기 끝을 맺는' 결말을 중시하면서 여기에서 근대성을 발견할 수 있다고 보았다. 결과적으로 『해상화열전』에는 중국고전소설의 가장 중요한 특징인 전기(傳奇)적 색채가 사라지고 일상의 이야기가 대신하게 됨으로써 이른바 일상을 조명하여 근대성을 설명해주는 근거가 된다.

이와 같이 『해상화열전』은 제재와 언어, 서사기법, 그리고 형식에 있어서 중국고전소설의 전통을 계승하면서도 새로운 세계를 개척하여 전통과 근대가 공존하는 교량적 역할을 행한 근대적 특징을 가지고 있는 소설로 규정할 수 있다.

2. 작가 한방경

한방경(1856~1894)의 자는 자운(子雲)이며, 별호는 태선(太仙)이다. 혹은 태선을 파자한 대일산인(大一山人)으로 자서하기도 하였다. 이 밖에 중국의 지식인이 그렇듯 그 삶의 지향을 암시하는 필명들이 여럿 남아 있는데 태치(太痴), 화야련농(花也憐儂) 등이 그것이다.

한방경에 대한 자료는 『담영실필기(譚瀛室筆記)』에 처음으로 보인다.

> 『해상화』 작가는 송강(松江)의 한자운(韓子雲)이다. 한자운의 사람됨은 풍류가 있고 다정다감하였으며, 바둑을 잘 두었다. 또한 아편벽이 있었다. 오랫동안 상해에 머물

면서 신문사 편집을 맡기도 하였다. 글을 써서 번 돈은 모두 기루에 쏟아부었다.

다음으로 1922년에 상해청화서국(上海淸華書局)에서 출판된 『해상화열전』의 허근보(許堇父)가 쓴 서문에 한방경의 인생이 개괄적으로 기술되어 있다. 여기에는 한방경의 또 다른 이름이 한태치라는 것, 막료생활을 했다는 것, 과거시험에서 낙방한 후 상해에서 지내며 시와 술로 위안을 삼았다는 점, 『해상화열전』을 쓰게 된 이유 등이 소개되어 있다. 그러나 이들 자료에는 보다 구체적인 내용들이 전혀 제시되지 않고 있다.

한방경의 생애에 대한 보다 자세하고 구체적인 자료는 1926년에 아동도서관(亞東圖書館)에서 출판된 『해상화열전』에 수록된 후스(胡適)의 「『해상화열전』서」에 잘 제시되어 있다.

한방경의 가계는 그가 『신보(申報)』에 게재한 사설 「극설(極說)」에 당숙 한응폐(韓應陛, 1815~1860)에 대한 존경심을 드러내고 있는 대목에서 짐작해볼 수 있다. 한응폐는 서양의 자연과학 영역에 업적을 남긴 학자로, 서양의 학문에 적극적이고 개방적인 태도를 지니고 있었다. 또한 그는 같은 고향사람 요춘(姚椿)의 문하생으로 청초(淸初)의 동성파(桐城派)의 문풍을 계승한 문인이면서 장서가로도 이름이 나 있었다. 특히 그는 송대(宋代) 과학기술을 다방면으로 응축한 저작 『신의상법찬

(新儀象法纂)』을 젊은 시절에 직접 베껴 수집하였다. 이를 통해 그가 젊은 시절부터 중국의 자연과학에 대해 깊은 관심을 가지고 있었고, 자연스럽게 서양의 자연과학에 대해서도 개방적인 태도를 지니게 되었음을 알 수 있다. 이러한 한응폐의 업적을 기술하였다는 것은 한방경이 한편 서양의 학문에 대해 선망하고 있었음을 보여준다.

한방경의 부친 한종문(韓宗文, 1819~?)은 함풍(咸豊) 무오(戊午 1858)에 순천향시(順天鄉試)에서 급제하여 거인(擧人)이 되었으며, 평소 문장으로 명성을 누렸고 형부주사(刑部主事)를 지냈다고 한다. 『송강부속지(松江府屬志)』에는 그에 대해 '강직하고 우의가 돈독하였다(伉直敦氣誼)'고 짧게 평가하고 있는 반면 그의 동생 즉 한방경의 숙부 한승은(韓丞恩)의 업적을 더 자세하게 다루고 있다. 여기에 기록된 내용에 의하면 한승은은 청백리의 전형적인 삶을 산 관리였다. 이는 그가 태평군을 소탕하는 과정에서 억울한 누명을 쓰고 관직에서 물러났을 때, 백성들이 그를 위해 변호하고, 그가 죽은 이후에는 그를 위한 사당을 짓고 제사를 지내길 청원했다는 일화에서 잘 드러난다. 이와 같은 청백리로서의 한승은의 삶은 한방경에게도 많은 영향을 주었을 것이다. 한방경은 이와 같이 학문에 조예가 깊고, 청렴한 관리의 집안에서 성장하였다.

한방경의 생애는 30세를 전후로 전통교육을 통해 입신하려고 했던 시기와 편집인으로서 생활한 시기로 나눌 수 있다.

한방경은 어릴 때 벼슬살이를 떠나는 아버지를 따라 북경으로 가서 유년기를 보낸 뒤, 고향 누현(婁縣)으로 돌아와 20세 무렵에 동시(童試)에 응시하여 수재(秀才)가 되어 늠희(廩餼, 나라에서 학생에게 주는 일종의 생활보조금)를 받았지만, 그 후로 향시에 계속 낙방하였다. 이 시기에 한방경은 문장실력이 뛰어나 그의 시첩이 회자되고, 그의 문장을 보는 이들은 모두 놀랄 정도였다고 한다. 다만 그의 문장은 격식에 맞지 않아 우려하는 이들이 더러 있었다고 하나 시험 감독관이 그 재능을 아껴 늠희를 받을 수 있게 해주었다고 한다. 이는 팔고문(八股文)의 격식에 얽매이지 않으려는 한방경의 자유로운 의식을 보여주는 대목이기도 하다. 한방경은 향시에 낙방한 뒤, 잡지의 편집자, 혹은 부친의 친구에게 가 막료로 1년 남짓 생계를 꾸려갔다.

한방경은 1887년부터 1890년까지 4년 동안 『신보(申報)』에 기녀에게 바치는 시사(詩詞), 서정적인 산문, 논설, 희곡, 평론 등을 실었다. 위의 예문에서도 구속을 싫어하는 한방경의 성격이 잘 나타나 있다. 한방경의 이러한 성격과 삶에 대해 장서조(蔣瑞藻)는 '풍류가 있고, 다정다감한 인물이었다'고 했고, 송강 전공은 '소탈하고 속되지 않으며, 살림살이는 어려웠지만 돈을 중시하지 않았고, 거문고를 연주하고 시를 지으며 즐겼다'고 평하였고, 『해상번화몽(海上繁華夢)』의 작가 손옥성(孫玉聲)은 '주변 사람들의 가문이나 지위를 하찮게 여겼다'고

하였다. 그는 성격이 이러했으므로 『신보』의 편집을 맡기는 했지만, 간혹 논설을 쓰는 것 외에 잡다하고 번잡한 편집 작업을 외면하였던 것이다. 특히 그는 한 고급기녀와 가깝게 지내며 기루에서 대부분의 시간을 보냈는데, 『해상화열전』은 당시의 경험을 토대로 한 것으로 보인다.

한방경은 『신보』에 글을 써서 번 돈을 기루에서 탕진했고, 겨우 하녀 한 명만을 두고 생활을 할 정도로 가난하였다고 한다. 그러나 그의 삶은 가난에 찌들었다기보다는 안빈낙도의 관점에서 이해하는 편이 더 타당할 듯한데, 그의 사설 「낙설(樂說)」에 의하면 한방경은 인생의 고통을 받아들이는 태도에 따라 그것이 고통이 되기도 하고 즐거움이 되기도 하며, 인생의 즐거움(樂)은 부귀공명에 있는 것이 아니라 지족(知足)과 지지(知止)에 있고, 가난한 삶 속에서도 발견된다고 강조하고 있다.

한방경은 1891년 마지막 과거시험에 낙방하고 나서 더 이상 공명에 뜻을 두지 않게 된다. 그래서 다시 상해로 돌아와 1892년에 『해상기서』를 간행하고, 1894년 봄 『해상화열전』을 출판하였다. 같은 해 39세의 일기로 짧은 생을 마감한다.

이렇듯 한방경은 전통사회의 교육을 받았지만 입신양명의 꿈을 실현하지 못하였고, 직업 작가라는 근대적 직업을 가졌지만 뜻을 이루기에는 생이 짧았다. 한방경의 생애는 전통에서 근대로의 전환기에서 어느 쪽으로도 귀속되지 못했던 당시

지식인들의 한 전형으로 이해할 만하다.

3. 『해상화열전』의 출판과 번역

『해상화열전』은 1894년에 출판되어 현재에 이르기까지 독자들에게 상반된 평가를 받았는데, 그 이유에 대해서는 두 가지 관점이 제기되어왔다. 첫째, 손옥성이 가장 먼저 제기한 의견으로 『해상화열전』이 소주 방언의 사용으로 인하여 독자층을 널리 확보하는 데 한계를 가지게 되었다고 보는 견해이다. 둘째, 후스의 의견으로 '평담하면서도 자연스러운(平淡而近自然)' 최고의 문학적 풍격이자 경계로 말미암아 일반 독자들의 흥미를 불러일으키기 어려웠다고 보는 견해이다. 장아이링도 비슷한 관점을 제시한 바 있는데, 『해상화열전』에 전기성(傳奇性)이 결여되어 있고 감상(感傷)적이지 않아 독자를 끌어들이지 못했다고 지적하고 있다. 당시 상해 기루의 안내서라고까지 얘기된 『구미귀(九尾龜)』의 자극적 내용에 익숙한 독자들이 평담한 『해상화열전』에 흥미를 느끼지 못했다는 것이다.

그런데 바로 이 '평담하고 자연스러운' 풍격 때문에 역대 비평가들은 『해상화열전』을 높이 평가하게 된다. 이와 같이 『해상화열전』은 비평가의 칭송과 일반 독자들의 외면이라는 상반된 결과를 얻었고, 그로 인하여 부침의 과정을 겪게 되었다. 그 과정을 구체적으로 살펴보면 다음과 같다.

『해상화열전』은 1894년에 석인본으로 최초 간행된 후,

1903년에 『해상백화취락연의(海上百花趣樂演義)』라는 제목으로 정식 출판되었다. 이후 1922년에 상해청화서국에서 64회본 『해상화열전』을 6冊으로 출판하기까지 10여 년 동안 제목을 달리하여 출판되었다. 상해청화서국에서 출판한 『해상화열전』의 허근보의 서(序)에는 1894년 석인본이 절판된 이유가 기술되어 있다. 허근보에 의하면 소설에 등장하는 조박재(趙朴齋)는 실존인물로서, 그는 자신이 소설에서 어리석은 인물로 묘사되었다는 사실에 분노하여 거금을 들여 『해상화열전』을 몽땅 사들여 불태워버렸다고 한다.

『해상화열전』이 세상의 주목을 받게 된 것은 1926년 아동서국(亞東書局)에서 출판된 표점본 『해상화열전』에 힘입은 바 크다. 이 책에는 후스와 류반농(劉半農)의 서문이 있는데, 그들은 모두 『해상화열전』의 가치에 대해 높이 평가하고 있다. 1930년대는 『해상화열전』이 판을 거듭하고 중복 출판될 정도로 출판계의 관심을 가장 많이 받았던 시기였다. 그러나 1936년 이후 정치적 상황과 출판계의 동향으로 인해 『해상화열전』은 한동안 출판되지 않았다.

이후 장아이링의 표준어 번역본 『해상화』가 출판되면서 『해상화열전』이 일반 대중에게 널리 알려지게 되었다.

장아이링은 1954년 후스에게 쓴 편지에서 자신이 13세부터 읽기 시작하여 이후 다양한 판본으로 반복해서 수십 번 읽었으며, 영어로 번역하고자 한다는 뜻을 여러 차례 드러내었다.

이 작품이 중국에서뿐만 아니라 세계적으로도 크게 인정받을 수 있을 것으로 보았던 것이다. 결국 장아이링에 의한 『해상화열전』의 표준어 번역본은 1981년, 대만에서 총 60회본 『해상화』로 출판되었고, 이후 1995년 상해 고적출판사에서 이 책을 두 권으로 나누어 『해상화가 피다(海上花開)』와 『해상화가 지다(海上花落)』로 출판하였다. 영역본 『The Sing-song Girls of Shanghai』은 장아이링이 1967년에 『해상화열전』의 영역 작업을 마친 후, 1981년에 번역 후기, 제1회와 제2회를 홍콩 중문대학 번역연구중심 『역총(譯叢)』에 실었다. 나머지 번역 원고는 우여곡절을 겪다가 홍콩 중문대학의 콩후이이(孔慧怡) 교수가 정리하여 『The Sing-song Girls of Shanghai』라는 제목으로 2005년에 컬럼비아대학 출판사에서 출판하였다.

장아이링에 의한 『해상화열전』의 번역 출판은 큰 반향을 불러일으켰는데, 대만의 영화감독 허우샤오시엔(侯孝賢)의 〈해상화Flowers of Shanghai〉(1998) 역시 장아이링의 번역본에 영향을 받은 작품이라고 할 수 있다. 그래서 장아이링은 『해상화열전』의 제2의 작가로 보아도 큰 무리가 없다.

한편 1969년, 일본의 헤이본샤(平凡社)에서는 중국문학 전공자 오오타 타츠오(太田辰夫訳)의 『해상화열전』 번역본을 중국고전문학대계(中国古典文学大系 第49巻)에 포함시켜 출판하였다. 이를 통해서도 이 작품의 가치와 위상을 짐작할 수 있을 것이다.

이와 같이 『해상화열전』은 후스에서 장아이링으로 다시 허우샤오시엔에 이르기까지 다양한 방식으로 평가되고 번역되고 재해석되면서 현재에 이르게 되는데, 그 과정에서 텍스트의 가치가 충분히 재확인되었다.

4. 언어: 통속백화와 소주(蘇州) 방언

『해상화열전』은 통속백화와 소주 방언이라는 두 개의 언어, 즉 인물의 행동과 사건의 서술에는 통속백화를, 인물의 대화에는 소주 방언을 사용하고 있다.

아편전쟁 이후 상해는 중국의 대표적인 도시로 급부상하였고, 특기 태평천국의 난으로 인구가 대량 유입되면서 그에 따라 유흥업 역시 번성하게 되었다. 상해 조계지의 북쪽 거리에는 기루가 즐비하였고, 그곳에는 각 지역 출신의 기녀들이 영업을 하였다. 그런데 1870년대 이후 소주 출신의 기녀들이 고급기녀로서 우위를 점하게 되면서 다른 지역 출신의 기녀들도 고급기녀로 성공하기 위해서 소주 방언을 배워야 했고, 이러한 상황이다 보니 조계지의 고급기녀들은 대부분 소주 방언을 사용하게 되었다.

『해상화열전』에서 인물들의 대화에 소주 방언을 운용하게 된 것 역시 이러한 점에서 자연스러운 문학적 선택일지 모른다. 그러나 당시 『해상화열전』과 같은 시기를 배경으로 같은 제재를 다루고 있는 손옥성(孫玉聲)의 『해상번화몽』이 통속백화만으로 쓰였다는 점을 감안하면 『해상화열전』의 소주 방언 운용은 작가의 의식적 선택이었다는 것을 알 수 있다. 실제 한방경은 '조설근은 『석두기』를 모두 북경어로 지었는데, 나의 소설이라고 왜 오어(吳語, 소주 방언)로 쓰면 안 된다는 건가?'라고 하여 소주 방언의 운용에 대해 신념을 갖고 이를 집필에 적용하였다. 이뿐 아니라, 그는 문자가 없는 일부 소주 방언을 표현하기 위해 직접 문자를 만들기도 하였는데, 그는 스스로 자신의 이러한 노력을 '창힐의 문자 창조'에 비견하기까지 하였다.

그런데 단순히 방언을 사용했다고 해서 방언문학이라고 할 수 없다. 방언문학은 방언을 통해 지역성과 현장성을 살려 그 문학성을 확보한 작품을 가리킨다. 이런 점에서 『해상화열전』은 소주 방언 운용을 통해 기녀 사회의 현장성을 살리고 있으며 그 문학적 효과를 거둔 '오어(吳語) 문학의 걸작'으로 평가된다.

한방경이 소주 방언을 사용하였던 것은 『해상화열전』의 시대적 · 공간적 배경이 상해 조계지 기루 사회였다는 점을 고려한 것이지만, 한편으로는 소주 방언과 상해 지역 문화에 대한 자부심의 발로였다고 할 수 있다.

19세기 말 소주 방언은 북경어를 제외하고 가장 중심에 위치하고 있는 방언이었다. 언어는 그 지역의 경제적 · 정치적 역할에 따라 그 지위가 달라지기 마련인데, 이 작품의 배경이 되는 상해는 19세기 중엽 이후 줄곧 경제와 문화의 중심지로 자리 잡고 있었고, 이에 따라 소주 방언 또한 주요한 지위를 차지하고 있었다. 한방경은 이러한 소주 방언의 언어적 지위에 기반하여 그 지역의 오래된 문화와 전통, 역사, 그리고 그 지역 사람들의 독특한 정서에 부합되도록 소주 방언을 운용하였다.

당시 소주 방언은 상해 기루의 주류 언어로서 기녀의 경쟁력을 높이는 수단이기도 하였고, 고급기녀의 징표로 이해되기도 하였다. 상해가 상업의 중심지가 되면서 과거 오랑캐의 말이라 천시되던 오어(吳語)가 남성들을 매혹시키는 언어로 승격되었고, 기루와 사교계의 특별한 언어로 자리 잡게 되어 기녀의 언어이자 욕망의 언어로 상징되었다. 따라서 상해 기루의 리얼리티를 구현하는 데 소주 방언은 필수적인 요소였다고 할 수 있고, 한방경은 소주 방언의 적극적인 운용을 통해 리얼리티를 구현할 수 있었다.

5. 『해상화열전』의 창작원칙과 서사기법

1) 창작원칙: 무뇌동, 무모순, 무괘루

『해상화열전』은 여러 기녀들(海上花)의 삶을 기술한 것(列傳)으로 합전체 소설로 분류될 수 있다. 『해상화열전』에는 30여 명의 기녀가 등장하지만 특정한 주인공이 없다. 넓게 보자면 30여 명의 기녀 모두가 이 소설의 주인공이라고 할 수 있다. 30여 명의 기녀들의 이야기를 합전의 형식으로 묶어 하나의 작품으로 구성한 것이 바로 『해상화열전』이다.

『해상화열전』에는 합전의 형식을 통해 다양한 인물들이 등장하고, 또 각 인물의 성격과 개성이 상호 대비되어 뚜렷하게 드러나는 특징을 갖고 있다. 특히 『해상화열전』은 약 8개월이라는 짧은 시간 동안 상해라는 한정된 공간에서 다양한 인물들의 이야기를 기술하고 있다. 한정된 시공간에서 30여 명의 기녀들과 그 밖의 다양한 표객들의 이야기를 담자면 자연히 서사 구조에 있어서나 인물 형상의 구축에 있어서 복잡할 수밖에 없기에 한방경은 「서(序)」에서 합전체 창작의 어려움에 대해 토로하면서, 이를 해소할 수 있는 방안으로 '무뇌동(無雷同), '무모순(無矛盾)', '무괘루(無掛漏)'의 원칙을 제시하였다. 이 세 가지 가운데 '무뇌동'과 '무모순'은 인물의 개성과 성격의 일관성에 대한 원칙이고, '무괘루'는 각 인물의 결말에 대한 원칙이다. 사실 이보다 앞선 중국고전소설의 창작에 있어서도 대체적으로 이 세 가지 원칙이 적용되어왔다. 그럼에도 불구하고 한방경의 원칙과 실천은 그것을 의식적이고 철저하게 추구하였다는 점에서 고전소설의 그것과 질적으로 차원을 달리한다. 한방경은 작가인 동시에 소설 이론가로서 인물 형상의 창작에 대한 원칙을 제시하고 이를 실천하고자 하였던 것이다.

무뇌동(無雷同)

'무뇌동'은 인물 형상의 창조에 있어서 유형화에 빠지지 않고 인물 각각의 개성이 있어야 한다는 뜻이다.

『해상화열전』에는 고급기녀 장삼서우(長三書寓), 2급 기녀 요이(幺二), 창녀(野鷄), 기생어미, 기녀의 일을 돕는 아주머니와 어린 여자 하인, 기루의 바깥일을 담당하는 남자 하인, 세력가, 시골에서 올라온 젊은 표객, 표객들의 하인 등 100여 명의 인물이 등장하고 있다. 한방경의 '무뇌동' 원칙은 작품의 전체 디테일에 철저하게 적용되고 있을 뿐만 아니라, 다음과 같이 한 마디로 인물의 성격을 묘사하는 데 있어서도 효과적으로 적용되고 있다. 예컨대 후스는 '매서운' 황취봉, '평범한' 장혜정, '철없는' 오설향, '오만한' 주쌍옥, '방자한' 육수보, '치정의' 이수방, '입담의' 위하선 등의 방식으로 인물의 개성을 요약하였다.

그 밖에 요문군은 씩씩하고 호방한 인물로, 이수방은 사랑에 집착하는 신경증적인 여성으로, 심소홍은 욕망과 감정을 절제하지 않는 인물로 형상화되어 있다.

표객의 인물 형상 역시 뚜렷한 개성화가 발견된다. 기녀와 표객 사이의 갈등을 중재하고 조율하는 역할의 홍선경, 단순한 성격으로 기녀들과 음탕한 수작을 부리는 뚱보 나자부, 장삼서우와 사귀는 돈이 아까워 어린 창녀를 찾는 인색한 이실부, 내성적인 동시에 폭력적인 왕연생, 한 여자를 위해 헌신하며 사회성이 부족한 도옥보, 기분에 따라 기녀들에게 폭력을 휘두르는 무례하고 잔인한 뇌공자 등은 기루 혹은 전체 사회의 남성들이 갖는 특징을 효과적으로 드러내 보여주고 있다. 이들 역시 상호 간에 동질성과 차별성을 나누어 가지면서 서로 뒤섞이지 않고 다양한 삶의 모습을 보여주고 있다.

그런데 『해상화열전』의 여성 형상은 외모에 대한 묘사를 통해 인물의 성격과 역할을 드러내던 전통 소설의 방법을 따르지 않고, 미묘한 심리적 흐름을 통해 형상화되고 있다.

전체적으로 볼 때, '무뇌동'은 작가가 제시한 소설의 인물 형상 창조에 대한 이론이며, 작품 내에 효과적으로 구현되어 『해상화열전』의 문학적 가치를 높이는 데 공헌하고 있다. 무엇보다도 작가가 이러한 개성화의 원칙을 일관되게 적용하고자 노력하였다는 점을 특히 주목할 필요가 있다. 이야기의 전개에 의지하던 고전소설과 달리 인물의 형상화를 통해 소설이 전개될 수 있었기 때문이다.

무모순(無矛盾)

'무모순'은 '무뇌동'과 마찬가지로 인물 형상화의 기준으로서, 인물의 성격과 태도 등에 있어서 일정한 자기 동일성과 개성이 드러나야 한다는 것이다.

『해상화열전』은 각 인물의 이야기가 한 회에서 완결되지 않고, 등장과 퇴장을 반복하면서 다른 인물들과 뒤섞여 큰 이야기를 형성해나간다. 예컨대 황취봉의 경우 제4회에서 제59회에 이르기까지 총 17회에 걸쳐 등장과 퇴장을 반복하면서 개인의 성격과 삶의 이야기를 완성해나간다. 그 사이에 다른 인물들 또한 같은 방식으로 각자의 이야기를 완성해나간다. 각 인물들의 묘사에 있어서 동일성이 유지되지 않으면 독자는 혼동에 빠지게 될 것이다. 인물의 개성은 소설 전체에 걸쳐 앞과 뒤가 부합되도록 주의해야 하는 것이다. 이것이 바로 한방경이 말하는 '무모순'이다.

한방경은 이 '무모순'을 중시하여 「서」에서 '제22회의 경우 예컨대 황취봉, 장혜정, 오설향 모두 두 번째 묘사에 해당함'을 밝혀둔다. 그곳에 실린 사건과 언어는 당연히 앞과 뒤가 서로 호응하고 있다. 성격, 기질, 태도, 행동에 있어서 어느 것 하나라도 일치되지 않는 게 있는가?'라고 하며 구체적인 설명을 더하면서 자부하는 어투를 감추지 않고 있다.

더 뚜렷한 예로 조박재의 경우를 들 수 있다. 그는 제1회에 등장한 뒤 마지막 제64회에 이르기까지 총 21회에 걸쳐 등장하고 퇴장한다. 소설의 시작과 끝에 등장하는 인물이라는 점, 등장 횟수가 가장 많은 인물이라는 점 등을 고려할 때, 이 인물에 적용되는 '무모순'의 원칙을 살펴보는 일은 의미 있는 일이라 할 수 있다.

조박재는 화야련농이 '화해(花海)'의 꿈에서 깨어나 현실세계에서 만난 첫 인물로서, 제1회에 등장한다. 조박재는 어리석은 인물 형상의 전형이다. 제1회에 등장한 조박재는 다리 아래에서 불쑥 튀어나오고, 부딪히고, 벌렁 넘어지고, 흙탕물을 뒤집어쓰고, 마구 욕을 하는 경솔하고, 우스꽝스럽고, 교양 없는 광대 같은 인물이다. 다른 장에서도 그는 수시로 다른 사람들과 부딪히고, 허둥대고, 넋을 잃고 바닥만을 쳐다보며 걸어가는 모습으로 형상화된다. 그는 무엇보다 여동생 조이보가 기녀가 되려고 할 때 한 마디의 반대 의견을 내놓을 수 없을 정도로 무능한 인물이다.

주관 없이 여동생의 결정에 따르고, 계획 없이 살아가는 무능력한 조박재의 모습이 나타나 있다. 그는 더구나 자신의 문제를 직면하지 못하고, 도피를 거듭하는 비겁한 인물이기도 하다. 제64회에서 동생 조이보가 뇌공자에게 무참하게 폭행을 당하고, 그녀의 방이 뇌공자의 하인들에 의해 남김없이 부수어질 때, 조박재는 어디론가 숨어버리고 보이지 않는다.

이와 같이 조박재는 제1회부터 마지막 제64회에 이르기까지 등장과 퇴장을 반복하는 동안 경솔하고, 우스꽝스럽고, 어리석고, 무능하며, 비겁한 인물로 일관되게 묘사되고 있다.

이상으로 살펴본 바와 같이 '무모순'의 원칙은 합전체 형식, 특히 인물의 등장과 퇴장이 반복되고 있는 『해상화열전』과 같은 소설에 효과적인 창작 원칙이었던 것으로 보인다. 사실 그것은 소설 창작에 있어서 다양한 인물들이 그 각각의 장면에서 독특한 개성과 자기 동일성을 유지하도록 하고자 했던 작가적 고민의 결집이었다고 볼 수 있다.

무괘루(無掛漏)

'무괘루'는 인물과 사건의 결말을 반드시 빠뜨리지 말아야 한다는 것으로, 결말의 중요성에 관한 소설 창작의 원칙이다. 회를 달리하며 한 인물 혹은 한 사건에 대해 기술할 때, 자칫 그 이야기를 완결하지 못할 위험성이 있기 때문이다. 요컨대 인물과 사건의 결말이 분명해야 한다는 것이다. 그런데 『해상화열전』의 각 인물과 사건에 대한 결말은 중국고전소설의 그것과 전혀 달라 보인다. 장아이링이 지적한 것처럼 이 소설의 결말이 갑자기 끝나는 특징을 지니고 있기 때문이다. '무괘루'는 '무뇌동'이나 '무모순'의 원칙에 비해 연구자들의 주목을 덜 받고 있는 원칙이기도 하다. 그러나 '무괘루'야말로 『해상화열전』의 근대적 특징이 드러난 중요한 서사 전략이었다고 할 수 있다. '갑자기 끝나는' 방식은 작품에 특별한 효과를 가져왔으며, 장아이링은 이 점을 중시하여 그것을 근대적 특징으로 규정하였다.

『해상화열전』은 불선불악의 인물과 사건을 다루고 있으므로, 일정한 가치관이나 태도에 의해 분명한 결말을 지을 수 없는 구조를 취하고 있다. 더구나 8개월이라는 기간은 한 인물이나 사건의 시작과 끝을 완전하게 보여주는 데 충분하지 않다.

그렇다면 작가는 왜 8개월이라는 짧은 기간에 한정하여 기녀와 표객들의 이야기를 다루고 여기에 '무쾌루'의 원칙을 적용하고자 하였던 것일까?

작가가 이들 불선불악의 인물들이 살아가는 시간과 공간을 사실적으로 보여주는 데 중점을 두고 있었기 때문이다. 그것은 또한 그 시대상의 단면을 보여주려는 의도에서 비롯된 것이라 이해된다. 불선불악의 인물들에 대한 중립적 태도, 시대적 단면을 있는 그대로 보여주려는 의도를 관철하는 데에는 '갑자기 끝나는' 것만큼 효과적인 방식은 없을 것이다.

『해상화열전』의 조이보의 이야기는 '갑자기 끝나는' 것의 결말을 보여주는 대표적인 예라고 할 수 있다. 조이보는 오빠 조박재를 찾기 위해 상해에 와서 기녀의 길을 걷게 되고 표객과의 혼인을 꿈꾸다가 여의치 못하여 다시 기루를 열게 된다. 이때 난봉꾼 뇌공자를 고객으로 만나게 된다. 그녀는 처음 만난 뇌공자에게 무참하게 구타를 당하고, 그녀의 방까지 참혹하게 파괴되고 만다. 이처럼 암담한 현실에서 조이보는 다음과 같은 꿈을 꾸게 된다.

> 이보는 아무리 생각해보아도 길이 없어서 혼자서 한참을 울었다. 그러다 가슴이 은근히 아프고, 다리도 쑤셔 침상으로 돌아가 털썩 엎어져 누웠다. 칠팔 명의 집사들이 이층으로 몰려 올라와서 이보를 보자 인사를 올리고 웃으

며 아뢰었다. 그 칠팔 명의 집사들은 요괴로 변해 앞으로 달려들었다. 조이보는 무서워 비명을 지르고, 놀라 깨어났다. 온몸에는 식은땀이 흐르고, 계속 심장이 두근거렸다.(제64회)

조이보의 이야기는 이것으로 결말이 지어진다. 조이보가 막 악몽에서 깨어나 아직 가쁜 숨조차 가누지 못한 상태에서 갑작스럽게 소설을 끝내고 있는 것이다. 조이보가 오빠 조박재를 찾아 상해에 오게 된 사연, 기녀로서의 삶을 택하게 된 사연, 그리고 표객 사천연(史天然)과의 혼인이 물거품으로 돌아가게 된 사연 등이 자세하게 기술되었다는 점을 고려하면, 이 결말은 너무나 갑작스럽다.

그런데 '계속 심장이 두근거렸다(心跳不止)'라는 마지막 문장은 깊은 여운을 남긴다. 원래 그녀는 상해에 오면서 가족과의 재회를 기대하였고, 기녀로서의 화려한 삶을 누리고자 했으며, 사랑하는 남자와의 결혼을 꿈꾸었다. 그러나 기녀로서의 삶이란 애초 안정적일 수도 없고, 화려하기만 할 수도 없고, 낭만적일 수도 없다. 조이보는 제운수(齊韻叟)가 말하는 것처럼 '상해의 함정에 빠졌을 뿐'으로, 기녀의 삶은 그녀가 꾼 악몽의 연속일 수밖에 없는 것이다. 그러므로 위의 예문은 조이보가 살게 될 기녀로서의 삶에 대한 빠뜨림 없는 결말이 되는 것이다. 이렇게 볼 때, '갑자기 끝나는' 서술 전략은 '무괘루'의 원칙과 모순되지 않는 새로운 글쓰기를 향한 작가의 의도적 실험이었다고 보아도 무리가 없다.

이러한 결말은 인물의 개성을 마지막으로 드러내는 한편, 그 이야기가 전하는 의의를 총괄하며, 인물과 그 이야기의 미래를 암시한다. 그러므로 갑자기 끝나는 서사 전략은 인물 형상의 입체감을 확보하는 데 효과적인 방법이라고 할 수 있다. 한방경은 이 점을 특히 중시하여 거의 모든 인물들의 이야기를 이렇게 '갑자기 끝나는' 방식으로 결말짓고 있다. 그래서 독자들이 그 이야기가 끝났다는 사실을 쉽게 눈치 챌 수 없도록 되어 있다. 작품 전체를 읽고 나서야 그것이 해당인물의 결말이었다는 점을 알 수 있는 것이다. '모두 일립원(一笠園)을 나서자 각자 흩어져 돌아갔다.'는 문장을 읽고 도옥보의 이야기가 완결되었다고 생각하기는 어려울 것이다. 또한 다음과 같은 문장을 읽고 해당인물의 이야기가 완결되었다고 생각할 수 있겠는가?

취봉은 저녁도 먹지 않고 화가 나서 잠이 들었다.

(제59회, 황취봉)

더 이상 고개를 돌리지 않고 곧장 이 층으로 갔다.

(제59회, 나자부)

"은냥 일만 원이 당신 목숨을 살렸어, 싸게 했지."

(제64회, 주쌍옥)

숙인은 숨어버렸다.

(제64회, 주숙인)

도옥보의 경우처럼 위의 문장들은 그 뒤의 행동이나 이야기가 계속될 것으로 기대되는 열린 구조를 취하고 있다. 그런 점에서 한방경은 소위 '대단원'의 결말을 의식적으로 거부했던 것으로 보인다. 사실 위의 인용문들은 갑작스럽게 끝났다는 점 외에 또 하나의 공통점을 가지고 있다. 이들의 이야기가 이러한 방식으로 계속 반복될 것이라는 암시가 바로 그것이다. 황취봉은 끝없이 현실적 이해득실을 따지며 밤을 새울 것이고, 나자부는 자신을 이용하는 황취봉에게서 완전히 벗어나지 못할 것이고, 주숙인은 언제나 형 주애인의 등 뒤에 숨어 살 것이다.

지금과 크게 다르지 않을 미래의 오늘, 그것이 바로 기녀들의 운명이며 한 인물의 생애가 갑작스런 질적 전변을 이룰 수 없다는 현실 인식하에 그것을 있는 그대로 표현하고자 한 것이 바로 한방경의 주제의식이었던 것으로 이해된다. 이것이야말로 자생적으로 나타난 사실주의적 창작 방법이었다는 점에서 중요하게 다루어질 필요가 있는 것이다.

2) 서사기법: 천삽장섬(穿插藏閃)

본래 전기는 한 인물이 겪는 삶의 전 과정에 대한 서술을 통해 그 업적과 언행, 그리고 사상을 드러내 보여주는 데 주된 목적이 있다. 전통적으로 볼 때, 그것은 대체적으로 시간의 순서를 따르는 방식을 취하였다. 그런데 한방경의 『해상화열전』은 같은 공간에서 짧은 시간 동안 일어난 여러 인물들의 이야기를 함께 엮어놓은 합전체 소설이다. 그러므로 한방경은 한정된 시공간을 배경으로 기승전결이 없는 보통 사람들의 이야기, 관계없이 평행선을 달리는 다양한 인물들의 이야기를 어떻게 전개해나가고 연결시킬 것인가에 대해 고민하지 않을 수 없었을 것이다. 이러한 고민을 거친 끝에 그는 '천삽장섬'법을 창안하여 소설의 독립된 이야기들을 연결하였다고 밝히며, 고전소설에서 볼 수 없는 새로운 서사법이라고 확언하고 있다.

천삽(穿插)

'천삽'은 회를 달리하여 흩어져 있는 여러 개의 사건들(삽, 揷)을 유기적으로 연결하는(천, 穿) 서사기법이다. 『해상화열전』에는 대략 30여 개의 독립된 사건들이 전편에 걸쳐 파편화되어 흩어져 있다. 이 파편화된 이야기들을 하나의 이야기로 연결하는 것이 바로 천과 삽의 서사기법인 것이다.

하나의 물결이 일어나 퍼져나가듯 하나의 사건 혹은 한 인물의 이야기가 전개되는 동안(천), 다른 인물의 이야기가 하나 혹은 여럿 끼어드는 것이다(삽). 그것은 날줄과 씨줄의 관계에 비유될 수 있다. 예컨대 소설의 전체적인 구조에서 조박재남매의 이야기는 날줄에 해당하며, 다양한 인물들의 이야기는 씨줄에 해당한다고 할 수 있다. 그런데 다시 씨줄에 해당하는 각 인물들의 이야기는 그 자체로 날줄이 되고, 거기에 끼어드는 다른 인물들의 이야기가 씨줄이 되는 것이다. 그것은 서로 교차하면서 전체적으로 다양한 무늬를 갖는 하나의 천을 형성한다고 할 수 있다.

그런데 소설의 전체 구조에 있어서나 각 인물의 이야기 전개에 있어서 '삽'을 찾아내는 것은 어렵지 않은 반면, '천'은 숨어 있는 다양한 장치들에 의해 내적으로 흐르는 일종의 연결성이기 때문에 명확하게 그것을 밝혀내기가 쉽지 않다. 그래서 작가도 이를 행간에 숨어 있는 문자, 깨달음에 의해 밝혀지는 숨은 맥락 등과 같은 말로 추상적으로 설명하였던 것이다. 이야기 전개와 무관해 보이는 잡담, 사실 묘사 및 언어 표현의 전후 상응성, 성격, 태도, 행위의 일관성, 공간의 이동, 시간의 흐름 등이 그러한 연결성을 확보하는 역할을 하고 있다고 할 수 있다.

우선 공간의 이동, 즉 표객의 이동과 기녀의 출입이라는 장치를 통해 파편적 이야기들이 유기적으로 연결된다. 이야기는 조박재의 출현으로 본격적으로 시작된다. 조박재는 조계지와 현성을 잇는 다리 육가석교-함과가-열래객잔-기루 취수당(제1회 끝)-(제2회 시작)술집 보합루-창녀 왕아이의 집-열래객잔-상인리-열래객잔-취수당의 공간을 이동하면서 홍선경, 장

소촌, 육수보, 육수림, 나자부, 왕아이, 아교 등과 만난다. 조박재가 각 인물들을 만날 때 소설은 그들의 외모, 어투, 직업, 행위 등을 묘사한다. 결국 이렇게 다양한 인물들의 작은 이야기들은 조박재의 공간이동을 통해 자연스럽게 하나의 큰 이야기로 연결된다. 이것이 바로 '천'의 역할을 하는 공간이동의 예로서, 소설이 끝나기까지 일관되게 나타난다.

다음으로 시간의 흐름을 통해 형성되는 연결성을 보자. 전통적 이야기에서는 인과관계에 의한 사건의 전개를 통해 시간이 생성된다. 시간의 표기는 대체적인 배경으로 처리될 뿐이다. 그런데 『해상화열전』에서는 물리적 시간의 흐름이 이야기를 끌어간다. 예컨대 심소홍과 관련된 15개의 에피소드들에서 앞 이야기의 끝은 뒷이야기의 처음으로 연결되지 않는다. 소설에는 묘사되지 않았지만 사건의 전개 속에서는 시간의 흐름이 적용되고 있기 때문이다. 이로 인해 표면적으로 서로 연결되지 않는 에피소드들이 하나로 꿰어지게 된다. 이때 시간의 흐름이 '천'의 역할을 하게 되는 것이다. 바로 이러한 시간의 역할에 주목하여 작가는 각 장면마다 시간을 정확하게 표기하고 있다. 다시 말해 『해상화열전』은 시간의 흐름을 명시함으로써 이야기의 전개를 암시하고 있다.

예를 들어 심소홍은 제4회(2월 14일)에 등장했다가 제5, 6, 7, 8회를 건너뛰어 제9회(2월 16일)에 다시 등장한다. 제4회에서 심소홍은 왕연생의 변심을 의심하면서 그와 헤어지고, 제9

회에서는 화가 나서 왕연생을 찾아온다. 그 사이에 심소홍과 관련된 어떤 이야기도 언급된 바 없고, 장혜정의 존재를 알게 된 것에 대한 어떤 정보도 기술되어 있지 않다. 심소홍이 등장하지 않는 제5회에서 제8회까지에는 반삼, 장혜정, 오설향, 황취봉 등의 이야기가 전개되고 있을 뿐이다. 그러나 제9회에서 화를 내며 왕연생을 찾아와 다짜고짜 장혜정을 구타하는 심소홍의 행동을 통해 그녀가 이틀 사이에 무엇을 알게 되었는지 밝혀지는 것이다.

사실 심소홍이 등장하지 않는 장면에서 독자들은 이미 왕연생이 장혜정의 집을 옮겨준 사실을 잘 알고 있다. 그러나 심소홍이 그 사실을 알게 되었다는 것은 암시조차 되어 있지 않다. 그럼에도 불구하고 제9회의 심소홍은 이미 이 사실을 분명히 알고 있다. 독자들에게 제시된 그 장면의 뒤에 심소홍이 장혜정과 관련된 사실을 알게 되는 별도의 이야기가 전개되고 있었던 것이다. 제4회와 제9회 사이의 이틀이라는 시간 동안 반삼, 장혜정, 오설향, 황취봉의 이야기만 전개된 것이 아니라, 심소홍의 이야기도 계속 전개되고 있었다는 것이다.

마지막으로 소설의 인물들이 나누는 여담이나 잡담이 파편화된 이야기들을 연결시켜주는 '천'의 역할을 하고 있다. 심소홍이 등장하기 전부터 표객들은 그녀의 사나운 성격을 이야깃거리로 삼는다. 이렇게 수차례 반복되는 심소홍에 대한 잡담이 아니었다면 제9회에 장혜정을 구타하는 심소홍의 폭력적인 행동은 돌발적인 것으로 이해될 수밖에 없다. 결국 그녀의 과격한 행동은 일관성이 없는 비약이 되었을 것이며, 독자들 역시 이에 공감하기 어려웠을 것이다. 왕연생 주위의 표객들이 나누는 잡담과 농담을 통해 독자들은 이미 심소홍의 성격을 짐작하게 되고, 그 반응을 궁금해하게 되는 것이다. 이렇게 표객들의 극히 사소해 보이는 잡담을 통해 성격의 동일성이 구현되고 있다.

다음으로 '천삽'의 '삽'에 대해 살펴보기로 하자. 원래 한방경은 천삽을 둘로 나누어서 설명하지는 않았다. 그러나 한방경이 설명한바, 물결 하나가 다 끝나기도 전에 일어나는 다른 물결, 동에서 일어났다 서에서 일어나는 물결 등의 형상적 표현을 통해 삽의 원리를 이해할 수 있다. 그러니까 전체 소설, 혹은 각 인물의 이야기를 구성하는 다양한 에피소드들을 배치하는 한방경 특유의 방식이 바로 삽인 것이다. 그것은 한마디로 '끼어들기'의 기법이라 할 수 있는데, 『해상화열전』의 모든 이야기는 '삽'의 방식으로 처리되어 있다고 할 수 있다. 소설의 도입부에서 화야련농이 화해에서 노닐다 갑자기 그 속에 빠져 상해의 조계지와 현성을 연결하는 육가석교로 떨어진다는 설정에서부터 '삽'의 형식을 취하고 있다. 그것은 꿈속의 인물이 현실세계에 끼어든 것이기 때문이다. 현실세계에 떨어진 화야련농이 조박재와 부딪치게 된 것 역시 전체 조박재의 이야기로 보자면 '삽'에 해당한다. 이후 각각의 독립된 인물의 이야기들은 서로 끼어드는 형식을 취하고 있다. 그것은『해상화열전』의 각 회에 중심 이야기를 배치하는 형식만 보아도 분명하게 드러난다.

제1회에서 제64회까지 각 인물의 에피소드가 '삽'의 형식을 취하고 있음을 알 수 있다. 기승전결의 구조를 가지고 있는 중국고전소설의 등장인물들은 주인공의 이야기를 위해 부수적이고 종속적인 위치를 점하게 된다. 그러나 '삽'의 방식을 취하면 모든 등장인물들은 각각의 이야기를 형성하게 되고, 그 속에서 각 인물들은 부수적인 인물이 아니라 스스로 주인공이 된다.

그래서 각 인물들에 초점을 맞추면 하나의 통일성을 갖는 이야기가 전개되고 있지만, 표면적으로 볼 때는 다양한 인물들의 이야기가 동시에 전개되는 것처럼 보인다. 각 회를 중심으로 살펴볼 때도 한 회에 한 인물의 이야기만을 전개하고 있는 경우, 두 명의 인물 이야기가 전개되는 경우, 혹은 여러 인물들의 이야기가 동시에 전개되는 경우가 있다. 예를 들면 제7회와 제8회는 오직 황취봉의 이야기만 전개되고 있고, 제19회, 제20회, 제36회는 이수방의 이야기가, 제30회, 제31회는 조이보의 이야기만이 집중적으로 그려지고 있다. 또 제15회는 도명주와 제십전의 이야기가 전개되고, 제24회는 장혜정과 심소홍의 이야기가 전개된다. 제3회는 다양한 인물들이 대거 등장하고 있는데, 다섯 명의 인물—육수보, 심소홍, 주쌍옥, 아금,

주쌍주—의 이야기가 동시에 전개된다. 그러므로 『해상화열전』의 독서에는 연이어 일어나는 여러 개의 물결들이 각기 그 자체로 기승전결을 이루고 있다는 점에 유념할 필요가 있는 것이다.

장섬(藏閃)

'장섬'은 사건의 실체를 숨기고 있다가(장, 藏) 서서히 드러내는(섬, 閃) 서사기법이다.

『해상화열전』은 중국고전소설 가운데 서술자의 역할이 가장 약화되어 있는 소설이라고 할 수 있다. 서술자는 전지적 입장에서 사건의 전말을 서술하는 대신 카메라의 렌즈처럼 사건의 전개를 따라다니며 보여주는 역할을 할 뿐이다. 그래서 이 소설의 서술자는 인물의 소개와 외모에 대한 묘사, 사건의 전말 등에 대해 설명을 자제한다. 그렇기 때문에 독자는 오로지 인물의 말투, 행동 그리고 태도 등을 통하여 그 인물의 개성을 파악할 수 있고, 사건의 전개에 있어서도 여러 회를 거치고 난 후에야 그 전모를 알 수 있게 된다. 더구나 작가는 사건의 전말을 조급하게 알고 싶어 하는 독자들의 마음을 좀처럼 만족시켜주지 않는다. 오히려 사건의 전말에 대한 궁금증이 증폭되어가는 시점에 다른 이야기를 끼워 넣음으로써 그것을 은폐하기까지 한다. 그 은폐된 진실은 회를 거듭하면서 조금씩 드러나다가 사건의 결말에 이르러 완전히 드러나게 된다. 그러므로 사건은 갑자기 던져지듯이 시작되어 조금씩 실마리가 풀리는 방식으로 전개된다. 독자는 이를 접하면서 막연함 → 암시 → 드러남의 단계를 거쳐 완전한 이해에 도달하게 되는 것이다.

이러한 '장섬'법의 대표적인 예로 제3회의 아덕보와 아금의 부부 싸움 이야기를 들 수 있다. 홍선경의 입장에서 보면 아덕보와 아금의 싸움은 그야말로 '갑자기 허공을 가르고 온' 사건이다. 그들이 싸우는 이유에 대해 아무런 설명도 없다. 다만 아덕보와의 싸움에서 아금이 별다른 변명을 하지 못하는 것을 통해 그녀가 어떤 일을 숨기고 있다는 것이 암시되어 있다. 이것이 '장'이다. 주쌍주는 그 비밀을 알고 있는 것이 분명하고, 홍선경 역시 눈치를 채고 있는 듯하지만, 독자는 궁금증에 싸이게 된다. 그래서 그 전말을 알고 싶어 하는데, 그 순간 작가는 다른 이야기를 삽입하여 독자의 관심을 다른 쪽으로 돌려놓는다.

아금의 비밀은 제3회 이후 언급되지 않고 있다가 제17회에 와서야 그 실마리가 드러나기 시작한다. 주애인의 하인 장수는 주쌍주의 집에 보내는 초대장을 냉큼 가로채서 자신이 대신 가겠다고 자청한다. 그런데 그가 주쌍주의 집에 들어서 아덕보의 모습을 보고 주저하는 행동은 초대장을 가로채던 때와 다르다. 이 장면에는 두 개의 사실이 암시되어 있다. 하나는 아덕보의 퉁명스러운 말투, 냉소, 성난 목소리의 뒤에 아덕보가 무엇인가 알고 있다는 사실이 암시되어 있다. 다른 하나는 이러한 아덕보의 태도에 아무런 반응을 보이지 않고 재빨리 빠져나오는 장수의 모습에서 그가 무엇인가 두려워하고 있다는 사실이 암시되어 있다. 제3회에서는 아덕보 부부의 싸움과 관련하여 궁금증을 불러일으켰고, 제17회에서는 그 싸움이 장수와 관련된 것이라는 암시가 제시되어 있는 것이다. 그것은 다시 제28회에 이르러 분명하게 드러나게 된다.

> 쌍주는 다시 아금을 불렀다. 그래도 대답이 없었다. 큰 소리로 급하게 부르자, 아금은 정자간에서 슬그머니 빠져나와 고개를 숙이고 아무 말 없이 곧장 내려왔다. 쌍주는 정자간 안이 촛불 하나 없이 어두컴컴한 것을 보고 크게 화를 내었다. "무슨 꼴이야! 정말 상식 밖이구나!" 아금은 당연히 아무 말도 할 수 없었다. 쌍주가 뒤돌아서자, 장수도 연기처럼 빠져나와 내려갔다. (제28회)

이처럼 막연하게 제시되었던 궁금증(제3회)이 암시의 단계(제17회)를 거쳐 분명하게 드러나게(제28회) 되는 것이다. 이것이 바로 '섬'이다. 독자에게 '장섬'법은 하나의 수수께끼 놀이와도 같다. 그것은 서술자의 역할이 절제되어 있는 필법과 관련이 깊다. 이로 인해 소설의 전반부에 등장하는 수많은 인물들의 이야기는 독자들의 궁금증을 불러일으키게 된다. 그리고는 새로운 이야기를 통해 잠시 뒤로 물러나기를 반복하다가 소설의 후반부에 이르면서 서서히 그 숨어 있던 내용들이 하나씩 드러나게 되는 것이다. 그래서 '장섬'은 『해상화열전』에 전반적으로 적용되고 있는 서사법이라 할 수 있다.

한방경은 '드러난 문장'과 '드러나지 않은 문장'을 적절하게 운용하여 '장섬'의 서사법을 설명하고 있다. 심소홍에게 있어 왕연생은 드러난 인물(正面)이고, 소류아는 드러나지 않은 인물(反面)이라고 할 수 있고, 황취봉에게 있어 나자부는 드러난 인물이고, 전자강은 드러나지 않은 인물이라는 것이다.

구체적으로 심소홍의 경우를 보면 제3회에서 홍선경이 심소홍의 집을 방문하였을 때, 아주머니가 심소홍은 마차 타러 나갔다고만 하면서 구체적인 이유를 밝히지 않다가(장), 제33회에서 왕연생이 심소홍과 소류아가 같이 있는 장면을 목격하게 되는 순간 그 마차 타기의 전모가 드러나게 된다(섬). 이렇게 볼 때, '장섬'의 '장'은 복선 역할을 한다. 그러나 독자는 처음에는 그것을 복선으로 인식하지 못하고 한필 정도로 여겨 주의를 기울이지 않는다. 그러다가 이러한 복선이 여러 차례 깔리면서 마치 숨어 있는 것 같기도 하고 드러나는 것 같기도 하다가 이야기의 결말 부분에 이르러서야 비로소 앞의 문장에 한필인 곳이 하나도 없음을 알게 되는 것이다.

『해상화열전』의 '장섬' 서사법은 곳곳에서 운용되고 있어 그 예를 일일이 열거할 수 없을 정도이다. 장섬법은 독자의 호기심을 극대화시키다가 다시 다른 이야기에서 잠시 잊게 하는 과정을 반복하면서 인물의 이야기 혹은 사건의 결말을 보여주고 있다. 그런 점에서 한방경은 연재소설의 특징을 잘 파악하고 있었던 것으로 보인다.

천삽장섬과 근대성

전술한 바와 같이 '천삽'은 흩어져 있는 여러 개의 사건들을 유기적으로 연결하는 서사기법이고, '장섬'은 사건의 실체를 숨기고 있다가 서서히 드러내는 서사기법이다. 그런데 실제 소설에서 천삽과 장섬은 독립적으로 운용되지 않는다. 천삽의 삽은 장섬의 장 혹은 섬이 되기도 하며, 장섬의 장은 천삽의 삽이 되며, 또 장에서 섬으로 연결되는 전체 과정은 천삽의 천이 되기도 한다. 이와 같이 천삽과 장섬은 유기적으로 연결되어 소설의 다양한 인물들의 이야기를 엮어간다.

예를 들면 제3회에 홍선경이 주쌍주와 이야기를 나누고 있을 때 갑자기 아덕보와 아금이 싸우는 소리가 들려오는 장면은 장섬의 장에 해당한다. 그런데 홍선경과 주쌍주의 입장에서 보면 이들의 사건은 천삽의 '삽'에 해당된다. 그러다가 제28회에 와서야 아덕보와 아금이 싸우게 된 이유가 밝혀지는데, 이것은 장섬의 '섬'에 해당되지만, 한편 아덕보와 아금의 이야기가 제3회, 제17회, 제28회에 연결되고 있으므로 천삽의 '천'에 해당된다고 볼 수 있다.

한방경 또한 『해상화열전』이 중국의 고전 산문이나 소설의 주된 창작 의도의 하나였던 재도(載道)의 목적을 계승하고 있다고 하였다. 다만, 한방경은 그 도덕적 가치관을 직접적으로 독자에게 전달하는 대신 실제 사회의 일상을 생동적이고 사실적으로 묘사함으로써 독자가 그것을 통해 삶의 실상을 깨닫기를 기대하였다.

그런데 이러한 창작 목적(주제의식의 전달)과 창작 방법(객관적 묘사) 간에는 일정한 괴리가 존재한다. 철저할 정도의 객관적 묘사를 통해 도덕적 가치관을 전달한다는 것이 쉽게 성취될 수 있는 것이 아니기 때문이다. 그런 점에서 천삽과 장섬은 이러한 주관적 의도와 객관적 방법 사이에 존재하는 간극을 메워주는 효과적인 역할을 하고 있는 것으로 보인다.

사실 천삽장섬법은 『해상화열전』의 문학적 성취에 있어서 결정적 역할을 수행하였다고 볼 수 있다. 이를 통해 한정된 시간과 한정된 공간에서 이루어지는 인물들의 단편적 이야기가 그 전체성을 확보하게 되었기 때문이다. 천삽장섬법을 통해 인물의 반복적인 등장과 퇴장을 유기적으로 연결하여 당시 상해 기루 사회의 일상을 효과적으로 보여줄 수 있었고, 기승전결식 중국고전소설과의 차별성을 확보할 수 있었다.

반복되는 술자리, 기녀들의 노래, 화권 놀이, 아편, 술, 도박 등으로 이루어지는 기루의 일상들은 『해상화열전』에서 산만하게 흩어져 있는 것처럼 보인다. 표객들은 하룻밤 사이 술자리를 옮겨 다니며 때로는 분위기에 젖어 만취하기도 하고, 때로는 무료하게 자리를 파하기도 한다. 그리고 때로는 그들이 주고받는 일상의 대화가 한 장의 이야기를 구성하기도 한다. 그래서 특별한 사건이라 할 것도 없고, 이야기의 전개도 뚜렷하게 드러나지 않으며, 밋밋하고 지루해 보이는 사건들이 단절되다가 이어지기를 반복한다. 이러한 단순한 나열들을 유기적으로 연결하는 것이 천삽장섬법인 것이다. 이러한 서사의 운용 과정에서 공간 중심의 서사구조를 형성하게 된다.

『해상화열전』의 모든 장소—기루, 찻집, 아편관, 공원, 매음굴—는 하나의 연극무대이며, 소설의 매 장면은 넓지 않은 제한적 공간에서 이루어지며, 시간의 흐름에 따라 전개되는 대신 공간의 이동을 통해 장면의 전환이 이루어진다. 결국 인물의 이동에 따라 새로운 장면이 펼쳐지는 특징을 갖게 된다.

또한 『해상화열전』은 고사성과 전기성을 해체함으로써 특별한 인물을 다루거나 이야기의 자초지종을 기술하는 대신 일상생활을 조명한다. 해체된 이야기들에 전체적인 느낌과 메시지를 부여하는 것이 천삽장섬법인 것이다.

결과적으로 『해상화열전』은 천삽장섬법을 통해 다양한 인물과 사건, 그리고 평범한 일상을 유기적으로 결합하여 생활의 가치를 재발견하고 사실성을 확보하게 된다. 이를 통해 특별하거나 위대한 인물이 아닌 일상적인 삶에 대한 리얼리티를 구현할 수 있었다. 이것이 바로 『해상화열전』이 중국고전소설

에서 유례를 찾아볼 수 없는 근대적 서사형식과 내용을 갖추게 된 이유라고 할 수 있다. (끝)

지은이 **한방경**(韓邦慶, 1856~1894)

송강부 누현(松江府 婁縣, 지금의 상하이)에서 출생하였으며, 부친 한종문(韓宗文, 1819~?)이 형부주사(刑部主事) 직책을 맡게 되어 유년 시절을 베이징에서 보냈다. 1876년 전후 고향 누현으로 돌아와 수재(秀才)가 되었으나, 이후 1885년 난징 향시에 낙방하였다. 1887년부터 1890년까지 『신보』에서 편집자 및 논설 기고자로 생활하였다. 1891년 베이징 향시에 낙방한 후 다시 상하이로 돌아와 1892년 2월에 중국 최초 문예 잡지 『해상기서』를 간행하여 『해상화열전』을 연재하였다. 1894년 초봄 64회 석인본 『해상화열전』을 출판한 후 오래지 않아 병을 얻어 39세의 나이로 세상을 떠났다.

옮긴이 **김영옥**

부산대학교 중어중문학과에서 「『해상화열전』 연구」로 박사학위를 취득하였다. 인제대, 동의대, 동아대학교 등에서 시간강사를 역임하였으며, 현재 부산대학교 중어중문학과 조교로 재직하고 있다. 논문으로 「영화 〈해상화〉와 소설 『해상화열전』의 서사구조 비교」, 「한방경 단편소설의 근대적 불교서사 탐색-「환희불」을 중심으로」 등이 있다.

:: 산지니 · 해피북미디어가 펴낸 큰글씨책 ::

문학

해상화열전(전6권) 한방경 지음 · 김영옥 옮김
유산(전2권) 박정선 장편소설
신불산(전2권) 안재성 지음
나의 아버지 박판수(전2권) 안재성 지음
나는 장성택입니다(전2권) 정광모 소설집
우리들, 킴(전2권) 황은덕 소설집
거기서, 도란도란(전2권) 이상섭 팩션집
*2018 이주홍문학상 선정도서

폭식광대 권리 소설집
생각하는 사람들(전2권) 정영선 장편소설
삼겹살(전2권) 정형남 장편소설
1980(전2권) 노재열 장편소설
물의 시간(전2권) 정영선 장편소설
나는 나(전2권) 가네코 후미코 옥중수기
토스쿠(전2권) 정광모 장편소설
*2016 세종도서 문학나눔 선정도서

가을의 유머 박정선 장편소설
붉은 등, 닫힌 문, 출구 없음(전2권)
김비 장편소설

편지 정태규 창작집
*2015 세종도서 문학나눔 선정도서

진경산수 정형남 소설집
노루똥 정형남 소설집
유마도(전2권) 강남주 장편소설
*2018 대한출판문화협회 청소년도서

레드 아일랜드(전2권) 김유철 장편소설
화염의 탑(전2권)
후루카와 가오루 지음 | 조정민 옮김

감꽃 떨어질 때(전2권) 정형남 장편소설
*2014 세종도서 문학나눔 선정도서

칼춤(전2권) 김춘복 장편소설

목화-소설 문익점(전2권) 표성흠 장편소설
*2014 세종도서 문학나눔 선정도서

번개와 천둥(전2권) 이규정 장편소설
*2015 부산문화재단 우수도서

밤의 눈(전2권) 조갑상 장편소설
*제28회 만해문학상 수상작

사할린(전5권) 이규정 현장취재 장편소설
테하차피의 달 조갑상 소설집
*2011 이주홍문학상 수상도서

무위능력 김종목 시조집
*2016 부산문화재단 올해의 문학 선정도서

금정산을 보냈다 최영철 시집
*2015 원북원부산 선정도서

인문

효 사상과 불교 도웅스님 지음
지역에서 행복하게 출판하기 강수걸 외 지음
재미있는 사찰이야기 한정갑 지음
귀농, 참 좋다 장병윤 지음
당당한 안녕-죽음을 배우다 이기숙 지음
모녀5세대 이기숙 지음
한 권으로 읽는 중국문화
공봉진 · 이강인 · 조윤경 지음
*2010 문화체육관광부 우수학술도서

차의 책 The Book of Tea
오카쿠라 텐신 지음 | 정천구 옮김

불교(佛敎)와 마음 황정원 지음
논어, 그 일상의 정치(전5권) 정천구 지음
중용, 어울림의 길(전3권) 정천구 지음
맹자, 시대를 찌르다(전5권) 정천구 지음
한비자, 난세의 통치학(전5권) 정천구 지음
대학, 정치를 배우다(전4권) 정천구 지음